孩儿塔·革命军·晓珠词

殷夫 邹容 吕碧城 著

北方联合出版传媒(集团)股份有限公司
万卷出版公司

© 殷夫 邹容 吕碧城 2015

图书在版编目（CIP）数据

孩儿塔 / 殷夫著 . 革命军 / 邹容著 . 晓珠词 / 吕碧城著 . -- 沈阳：万卷出版公司，2015.6（2023.5 重印）
（轻阅读）
ISBN 978-7-5470-3605-1

Ⅰ . ①孩… ②革… ③晓… Ⅱ . ①殷… ②邹… ③吕… Ⅲ . ①诗集 – 中国 – 现代②资产阶级民主革命 – 革命理论③词（文学）– 作品集 – 中国 – 现代 Ⅳ . ① I226 ② D693.0 ③ I226.8

中国版本图书馆 CIP 数据核字 (2015) 第 068765 号

出 品 人：王维良
出版发行：北方联合出版传媒（集团）股份有限公司
万卷出版公司
（地址：沈阳市和平区十一纬路 29 号 邮编：110003）
印 刷 者：三河市双升印务有限公司
经 销 者：全国新华书店
幅面尺寸：150mm × 215mm
字 数：170 千字
印 张：21
出版时间：2015 年 6 月第 1 版
印刷时间：2023 年 5 月第 2 次印刷
责任编辑：胡 利
责任校对：张 莹
封面设计：王晓芳
内文制作：王晓芳
ISBN 978-7-5470-3605-1
定 价：59.00 元
联系电话：024-23284090
传 真：024-23284448

常年法律顾问：王 伟 版权所有 侵权必究 举报电话：024-23284090
如有印装质量问题，请与印刷厂联系。 联系电话：0316-3651539

序 言

年少读书，老师总以“生而有涯，学而无涯”相勉励，意思是知识无限而人生有限，我们少年郎更得珍惜时光好好学习。后来读书多了，才知庄子的箴言还有后半句：“以有涯随无涯，殆已！”顿感一代宗师的见识毕竟非一般学究夫子可比。

一代美学家、教育家朱光潜老先生也曾说：“书是读不尽的，就读尽也是无用。”理由是“多读一本没有价值的书，便丧失可读一本有价值的书的时间和精力”，可见“英雄所见略同”。

当代人的生活节奏越来越快，很多人感慨抽出时间来读书俨然成为一种奢侈。既然我们能够用来读书的时间越来越宝贵，而且实际上也并非每本书都值得一读，那么如何从浩瀚的书海中挑出真正适合自己的好书，就成为一项重要且必不可少的工作。于是，我们编纂了这套“轻阅读”书系，希望以一愚之得为广大书友们做一些粗浅的筛选工作。

本辑“轻阅读”主要甄选的是民国诸位大师、文豪的著作，兼选了部分同一时期“西学东渐”引入国内的外国名著。我们之所以选择这个时期的作品作为我们这套书系的第一辑，原因几乎是不言而喻的——这个时期是中国学术史上一个大时代，只有春秋战国等少数几个时代可以与之媲美，而且这个时代创造或引进的思想、文化、学术、文学至今对当代人还有着深远的影响。

当然，己所欲者，强施于人也是不好的，我们无意去做一个惹人生厌的、给人“填鸭”的酸腐夫子。虽然我们相信，这里面的每一本书都能撼动您的心灵，启发您的思想，但我们更信任读者您的自主判断，这么一大套书系大可不必读尽。若是功力不够，勉强读尽只怕也难以调和、消化。崇敬慷慨激昂的闻一多的读者未必也欣赏郁达夫的颓废浪漫；听完《猛回头》《警世钟》等铿锵澎湃的革命号角，再来朗读《翡冷翠的一夜》等“吴侬软语”也不是一个味儿。

读书是一件惬意的事，强制约束大不如随心所欲。偷得浮生半日闲，泡一杯清茶，拉一把藤椅，在家中阳光最充足的所在静静地读一本好书，聆听过往大师们穿越时空的凌云舒语，岂不快哉？

周志云

目 录

孩儿塔

革命军

晓珠词

卷一

卷二

卷三

卷四

孩儿塔

序

春天去了一大半了，还是冷；加上整天的下雨，淅淅沥沥，深夜独坐，听得令人有些凄凉，也因为午后得到一封远道寄来的信，要我给白莽的遗诗写一点序文之类；那信的开首说道："我的亡友白莽，恐怕你是知道的罢……"——这就使我更加惆怅。

说起白莽来，——不错，我知道的。四年之前，我曾经写过一篇《为了忘却的记念》，要将他们忘却。他们就义了已经足有五个年头了，我的记忆上，早又蒙上许多新鲜的血迹；这一提，他的年青的相貌就又在我的眼前出现，像活着一样，热天穿着大棉袍，满脸油汗，笑笑的对我说道："这是第三回了。自己出来的。前两回都是哥哥保出，他一保就要干涉我，这回我不去通知他了……"——我前一回的文章上是猜错的，这哥哥才是徐培根，航空署长，终于和他成了殊途同归的兄弟；他却叫徐白，较普通的笔名是殷夫。

一个人如果还有友情，那么，收存亡友的遗文真如捏着

一团火，常要觉得寝食不安，给它企图流布的。这心情我很了然，也知道有做序文之类的义务。我所惆怅的是我简直不懂诗，也没有诗人的朋友，偶尔一有，也终至于闹开，不过和白莽没有闹，也许是他死得太快了罢。现在，对于他的诗，我一句也不说——因为我不能。

这《孩儿塔》的出世并非要和现在一般的诗人争一日之长，是有别一种意义在。这是东方的微光，是林中的响箭，是冬末的萌芽，是进军的第一步，是对于前驱者爱的大纛，也是对于摧残者憎的丰碑。一切所谓圆熟简练，静穆幽远之作，都无须来作比方，因为这诗属于别一世界。

那一世界里有许多许多人，白莽也是他们的亡友。单是这一点，我想，就足够保证这本集子的存在了，又何需我的序文之类。

一九三六年三月十一夜，鲁迅记于上海之且介亭。

“孩儿塔”上剥蚀的题记

我的生命，和许多这时代中的智识者一样，是一个矛盾和交战的过程，啼，笑，悲，乐，兴奋，幻灭……一串正负的情感，划成我生命的曲线；这曲线在我的诗歌中，显得十分明耀。

这里所收的，都是我阴面的果实。

现在时代需要我更向前，更健全，于是，我想把这些病弱的骸骨送进“孩儿塔”去。因为孩儿塔是我故乡义冢地中专给人抛投死儿的所在。我不想说方向转换，我早知光明的去路了，所以，我的只是埋葬病骨，只有这末，许或会更加有勇气。

鼓励我出版的林林，给我煞费心血画插图的白波，我想都并不想赞赏我的诗，也只是可怜我，同时又鼓勇我而已。那样，我正当谢谢他和她。

已经是激荡中的一九三〇了。

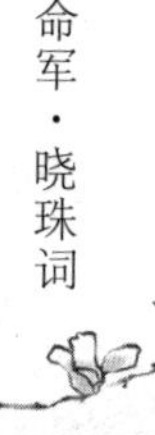

放脚时代的足印

一

秋月的深夜，
没有虫声搅破寂寞，
便悲哀也难和我亲近。

二

春给我一瓣嫩绿的叶，
我反复地寻求着诗意。

三

听不到是颂春的欢歌，
“不如归，不如归……”
只有杜鹃凄绝的悲啼。

四

希望如一颗细小的星儿，
在灰色的远处闪烁着，
如鬼火般的飘忽又轻浮，
引逗人类走向坟墓。

五

我有一个希望，
戴着诗意的花圈，
美丽又庄朴，
在灵府的首座。

六

星儿在大（天）微语时，
在带香的夏风中，
一条微丝柔柔地荡动了：
谁也不知道它。

七

泥泞的道路上，
困骡一步一步地走去，

它低着它的头。

八

我初见你时，
我战栗着，
我初接你吻时，
我战栗着，
如今我们永别了，
我也战栗着。

一九二四——五的残叶。

人间

山是故意地雄伟，
水是故意地漪涟，
　　因为我
　　只有，只有，
只有干枯地在人间蹁跹。

景物是讥嘲的含着谄媚，
人们是勉强的堆着笑脸，
　　因为我，
　　只是，只是，
只是丑恶地在人间徘徊。

一九二七，九月于象山。

呵，我爱的

呵，我爱的姑娘在那边，
一丛青苍苍的藤儿前面；
草帽下闪烁着青春面颊，
她好似一朵红的，红的玫瑰。

南风欣语，提醒了前夜，
疏淡的新月在青空阑珊，
我们同坐在松底溪滩，
剖心地，我俩密密倾谈。

古刹的钟声，混淡，
她的发香，似幽兰；
我们同数星星，
笑白云儿多疏懒。

看，她有如仙嬛，
胸中埋着我的情爱，
呵，我的爱是一朵玫瑰，
五月的蓓蕾开放于自然的胸怀。

一九二七，于象山。

在一个深秋的下午

那正是青空缀浮鳞云，
碎波在周遭追奔，
镜般的海洋冷照了我的心，
我怎忘了你的红晕，姑娘？

你的短发，散在微语风中，
你的眼珠儿，绒样柔黑，
你抚摸着栏杆凝望，
哟，远处的地线也有我的心。

沙鸥和爱的轻歌淌洋，
初起的金风带来飘渺的梦魂，
投在那颗雪珠似的水沫上吧，
在藻叶荫下建筑我的坟茔。

我幻见一朵五旬的玫瑰开了，
姑娘，你当时若真说："跳！"
带着我爱的辽遥的幽音，
我投到在屈子的怨灵。

一九二八，于象山。

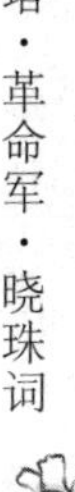

挽歌

你苍白的脸面，
安睡在黑的殓布之上，
生的梦魅自你重眉溜逃，
只你不再，永不看望！

你口中含着一片黄叶，
这是死的隽句；
窗外是曼曼的暗夜，
罗汉松针滚滴冷雨。

你生前宛妙的歌声，
迷雾般地散逝，
你死后的幽怨凄苦，
草底的蟋蟀悲诉。

一九二八，一月八日晚。

醒

微风的吹嘘之中，
小鸟儿的密语之中，
醒来吧！醒来吧！
梦儿姗姗飞去。

我梦入广漠的沙滩，
黄的沙丘静肃无生，
远地的飓风卷起沙柱，
无边中扬着杀的声音。

我不留恋着梦的幽境，
我不畏惧现实的清冷；
在草底默默地流过，流过，
我宿命的悲哀的溪吟。

生无所欢，
死无所悲，
愿重入黄沙之滩，
飓风吼着威吓音韵。

一九二八，四月二十日。

白花

曼（漫）步旷野，心空空，
一朵小小的白花！
孤零的缀着粗莽的荆丛，
一朵傲慢的白花！

它的小眼射着冷的光，
“一颗地上的星”我嗫嚅，
荆棘示威地摇曳，
“我回家去”我喘息。

尖锐的刺在她周遭，
旷茫的野中多风暴，
它在我视野中消去倩影，
我抚空心向家奔跑。

一九二八，五月五日。

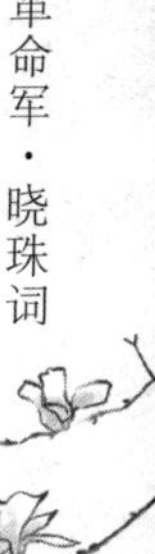

我们初次相见

我们初次相见，
在那个窗的底下，
毵毵的绿柳碎扰金阳，
我们互看着地面羞羞的握手。

我记得，我偷看看你的眼睛，
阴暗的瞳子传着你的精神。
你是一个英勇的灵魂，
奋斗的情绪刻在你的眉心。

我记得，我望望你的面颊，
瘠瘦的两颐带着憔悴的苍白，
但你的颧下还染着微红，
你还是，一个年青，奋发。

我记得，我瞧见你的头发，
浓黑的光彩表征了你丰富的情热，
我这般默默地观察，
我自此在心中印下你的人格。

一九二八，五月。

清晨

清晨洒遍大地。
阳光哟，鲜和的朝阳，
在血液中燃烧着憧憬的火轮，
生命！生命！清晨！
玫瑰般的飞跃，
红玉样的旋进，
行，行，进向羽光之宫，
突进高歌的旋韵。

一九二八，五月。

祝——

这是沙中最先的野花，
孤立摇曳放着清香，
枝旁没有青鲜的荫叶，
也少有异族争妍芳，
唯有她放着清香。

四向尽是干枯的沙砾，
展到无穷的天际，
近处没有一口泉源，
来把她嫩根灌溉，
没有一杆小树伴过长夜。

祝福我们勇敢的小花，
她仍然孤傲地顾盼，

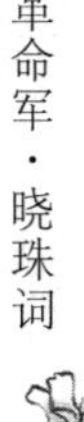

她不寂寞，放着清香，
天生的姿容日日光焕，
岑寂的生存，没有喟叹。

远星的微光死灭，
勇敢的灵魂孤单，
她忍受冷风的吹刮，
坚定的心把重责负担，
问何时死漠重苏甦?

祝福我们沙中最先的野花，
孤立摇曳，放着清香，
枝旁没有鲜青的荫叶，
也少异族来争妍芳，
只她孤单地放着清香。

一九二八，五月八日。

致纺织娘

写给一个姑娘——案上花瓶，插野花一束，及柏叶两支。来了一个独腿的纺织娘，坐十余天不去，有感。

起初在黄花盛放，
缀印你碧绿的新装，
我的心，苏甦，
为了你那生的光芒。

心叶焦枯着人世的苦烦，
血流冲破创伤，
我凝望你美丽的双睛，
你抚慰了我的猖狂。

花萎弱地飘堕，
绿叶恼人的变成赭黄，

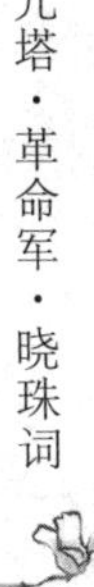

你哟，可怜的姑娘，
你的存在，和着我的惆怅。

是你心胸的惇善，
不忍撇下我个儿凄凉，
默对残的花儿死的叶，
扰着泪浪，咀嚼旧伤？

是你柔怀之中，
无辜的芽儿生长：
榴花般的你青春年光，
填补我的枯肠？

可怜的爱的天使哟，
纯洁的心肠！
伟大的胸襟，
愿与天永长！

我，呵，孱弱的孤儿，
世界所遗的困狼，
前途是：灾难，死灭，
我不能与人幸福分享。

老衰的痕迹几乎划上，
我失色的污秽高额，

心脏的壁内，
也已熄灭了我青春的火光。

我是羽翮残敝的小鸟，
在杀身的网中回翔，
红的血肉，白的骨，
已奉献于自由的交响。

灾难，和袭来的凄凉，
硬化我将死的心，
我不能，我的天使，
再煽引青春的水（火）花重迸。

去吧，日光在运行，
你的同伴在丰草中织纺，
萤火的舞群，幽虫的乐队，
正等着你——他们的新娘。

别辜弃了你的青春，
丝萝床中正等着你的情郎，
渴着你的热情，
饥着你的火吻印贴唇上。

此处的野花，凋亡，
柏枝消散傲人清香，

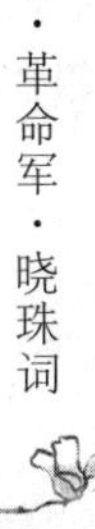

享乐已是日昨之去者，
留着无限的孤漠凄凉。

冷僵的心壁鼓不起爱情的节拍，
青春的死灰难再然（燃）跃跃（耀耀）光豪，
我让微风吹白我的长发，
你的温情变为灵芝覆我墓道。

别了吧！你这柔心的姑娘，
我没有血，心，或者希望，
祝你鼓着翅翼，
重飞起把你同伴追上。

沥出你的血液和勇猛，
发扬你高亢的歌唱吧！
把孱瞌着的地球，
用情热的火来震荡吧！

我祝福你的前途，
我不悲哀，也不怨叹，
青春是可宝，可宝的流影，
瀑洪的飞沫倏向四溅……

花瓶

我有一个花瓶，
我忠实亲信的同伴，
当我踯躅于孤寂的生之途中，
她作为上帝，与我同在。

她不是连城的奇珍，
不劳济慈的诗灵，
来把她描划，歌咏，
她不闪放过往的风韵。

然而她的正真（直）和傲慢，
正使我心醉；
（那谄媚的笑脸，唉，
真是我灵魂的迫害。）

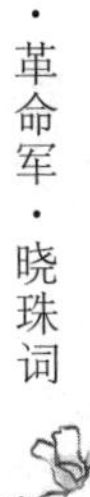

她矗立在我案上，
和一个哥萨克一般英壮，
用她警告的神情，
显示忠勇的朋友在旁。

她不插芙蓉和玫瑰，
（这些，让他人狂味！）
野花采自田野，
集团中的成员！

她们是被人摧残，
命运的判文上书“迫毁”，
但于今是武士的头盔，
散发着自由的光彩。

一九二八。

宣词

亲爱的姑娘，真，
你的心，颤震。
死以冷的气息，
吹透你的柔身。

我的罪恶，这是，
我的罪恶常深沉；
这是我最后的宣词，
愿神祇赦免我的灵魂！

我们，一对友人，
相互地依偎于黑暗中心；
一对无告的小山羊，
互以诚挚的情热慰问。
纯洁的爱顾之花，

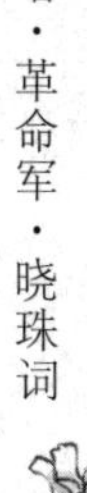

舒展于我俩心的底层。
（哟，底层的坎坷，
创伤和血腥！）
那是同情圣光的颤流，
这是博爱洪涛中一颗微沫阴影。

天还没给我们春的晴明，
满山的杜鹃笑送光影，
我们的灵魂不曾投倒，
在流泪的茉莉蕊下，
含羞的蔷薇丛荫……
远野的鹧鸪鸣叫，
不叫我俩梦入星径：
肩并肩，吻连吻。

只好似两粒小星，
流浪空中熬够清冷，
魅的影浮舞，
叹息，哭泣，难慰心情。
孤单的时辰，
用微晌相视，
我说我的，你，你的心！
怜悯的柔丝连击（系）我们。

每晚，天高风轻，

或是坠累又阴森，
我们问安我们的友人，
（好像一个虔诚的信女，
祈祷于每个黄昏。）

我的姑娘哟，
你是孤独生途中的亲人，
一朵在两（雨）中带泪的梨花，
你可裁判我的灵魂。
但我们，一对友人，
从最初直至无尽。

你不看，曼曼的长夜将终了，
朝阳的旭辉在东方燃烧，
我的微光若不合着辉照，
明晨是我丧钟狂鸣，青春散殒，
潦倒的半生殁入永终逍遥。
我不能爱你，我的姑娘！

一九二八，八月十七日。

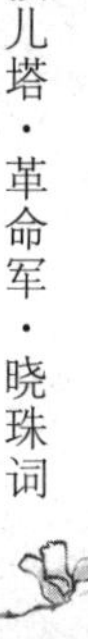

孤独

这是一颗不知名的星儿，
孤清地注射她的辉光。
伴着我在绿影底下，
徘徊着寂寞的倘佯。

蓝的眼眶海洋般的深邃，
透明的泪光水晶样的清莹，
涓涓地揭（摺）叠的愁情千丈，
萦徊了高洁的心魂。

看看眼底的云雾追奔，
看看空中的风暴奔腾，
悲愤的血涛震荡了古老的，
心壁上永不泯消的创痕。

环着是群浊的转运，
没有理想，没有生命，
同情和爱慰的微光燃尽，
让那高傲的心儿孤零。

只是无边袭入的寒凛，
阳春的温嘘吹不进心庭，
软性的恐怖和死的寂寞，
向谁堪判吐衷愔？

月依妆台时，
群星争妍，
眩曜的五彩，
迷跃（耀）苍青。

没谁转瞬：
我们是被摈弃的小星，
她只伴我，
徘徊于冷漠的绿荫。

一九二八，八月十日。

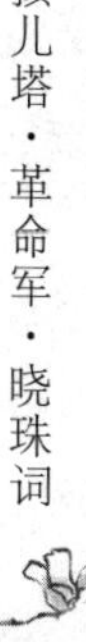

独立窗头

我独立窗头蒙昽，
听着那悠然的笛音散入青空，
新月徘徊于丝云之间，
远地的工场机声隆隆。

我眩然地沉入伤感，
懒把飘零的黑丝掠上；
悲怆的秋虫鸣歌，
岂是为我诉说苦想？

说我热血已停止奔荡，
我魂儿殷然深创，
往日如许豪烈的情热，
都变成林中的孤摇残光？

不！我的英勇终要回归，
热意不能离我喉腔，
暂依夜深人静，寂寞的窗头，
热望未来的东方朝阳！

一九二八，于吴淞海滨。

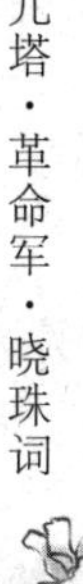

孤泪

你呀，你可怜微弱的一珠洁光，
照彻吧，照彻我的胸膛。
任暴风在四围怒吼，
任乌云累然地迭上。

不是苦难能作践我的灵魂，
也不是黑暴能冰冻我的沸心，
只有你日日含泪望我，
我要，冒雨冲风般继着生命。

忍耐吧，可怜的人，
忍耐过这漫长的夜，
冷厉的暴风加紧，
秋虫的哀鸣更形残衰。

鲜红的早晨朝曦，
也是叫他们带来消息，
黑暗和风暴终要过去，
你呀，洁圣的光芒，永存！

一九二八，于海滨。

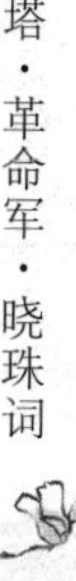

给某君

呵，冷风吹着你散乱的长发，
我瞧见你弱小的心儿在颤抖，
漫着暮气凝烟的黄昏中，
我们同踽踽于崎岖的街头。

挺起你坚硬的胸壁，
担承晚风悲调的袭击，
我们只应在今夜握手，
今晚我心跳得更促急。

在黑暗中动着是不可测的威吓，
后面追踪着时代的压迫，
你轻蔑的机警的眼中瞳人，
闪映了天际高炬的光影。

细胞撞挤在你脸上，
微风故意絮语；
我们笑那倾天黑云，
预期着狂风和暴雨。

一九二八，于海滨。

东方的玛利亚

——献母亲

你是东方的圣玛利亚，
我见钉在三重十字架之上，
你散披着你苦血的黄发，
在侮辱的血泊默祷上苍。

你迸流你酸苦泪水，
凝视着苍天浮云，
衣白披星的天使，
在云端现隐。

你生于几千年来高楼的地窖，
你长得如永不见日的苍悴地草，
默静的光阴逝去，
你合三重十字架同倒。

一九二八，于西寺。

感怀

孤单的精灵呵，
你别在无限静谧的海心，
用你破残的比牙琴，
弹引你悲冷的微笑。

潜伏的感伤，
终突破理智的封禁：
一个脸影，枯瘦又慈祥，
以酸泪点缀我的飘零。

我抚扪我过往的荒径，
蜿蜒从那雄伟珠山的邻村，
唉，修道士的山岩，
终古不破的沉静。

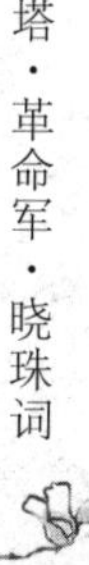

我不禁回忆故家的园庭，
反响着黄雀歌儿声，
绿的草丛上飞金的苍蝇，
衰色的夕阳下逃跑了我的青春。

一九二八，于西寺。

地心

我微觉地心在颤战，
于慈大容厚的母亲身中，
我枕着将爆的火山，
火山的口将喷射鲜火深红。

冷风嘘啸于高山危巅，
暮色狰狞地四方迫拢，
秋虫朗吟颓伤歌调，
新月冷笑着高傲长松。

青碧的夜色，秋的画图，
吞噬了光明的宇穹，
我耳边震鸣着未来预言，
一种，呵，音乐和歌咏。

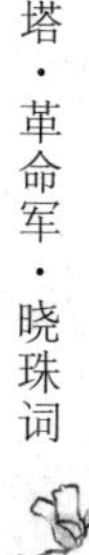

我枕着将爆的火山，
火山要喷射鲜火深红，
把我的血流成小溪，骨成灰，
我祈祷着一个死的从容。

一九二八，于西寺。

虫声

你受难遭劫的星星，
压碎了吧，你期望的深心，
此后，你只有黑暗的无穷，
是昨夜秋风搅着落花，
黑夜轻曳薄纱衣裙，
一个失群的雁儿散布怆韵；
那时，我埋葬了我的青春。

虫声哟！那异国的音调，
秋的灵魂和谐的奏鸣，
闭上你的小眼，睫毛堆上黑影，
听这交响带来多少象征？

孤月冷光不能冰冻热情，
理性的禁符不能镇压真性。

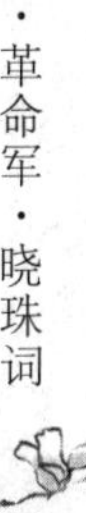

我在竹涛的微怨声下，
已诀别了往年的心灵和生的憧憬。

一九二八，于西寺。

青春的花影

是谁送来我象征的消信？
我哟，灵魂早不徘徊于蔷薇花影，
那是最后的玫瑰，
尖锐的刺陷破我朦胧梦境。

喘息地凝望连续汹涌的波涛，
黑色的坚塔在后深闭铁门，
我送行我最后的憧憬，
不复有明日或然的来临。

一九二八，于西寺。

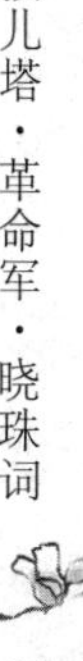

失了影子的人

阳光，在草坪上舞蹈，
她纤洁的小小双脚，
吻着软嫩的草尖；
风波中浮举她的金发。

露珠，闪光在草之叶上，
溪水，低泣在修松林下，
我失了影的人，幽魂般，
悲郁地曳步归回故家。

他的皮孔放着异乡的气息，
眼眶下堆绞满泪的纹痕；
　　逝兮，是欢乐；
　　死兮，是童心；
无尽，无尽的奔波，

山之巅，水之阴，
探透幽毵毵的生之丛林；
征衣创处吹嘘着泥土呼吸，
他才归自青春的出殡。

松鸣淡惨惨，
溪咽流着它宿命途程，
静夜的月凉如水，
秘密心病。
他曾追逐磷光，
磷光消，偕去了他的影。
飞扬着叹息的微丝——
归去，带着死的尖刺！

没有一个鸟儿会歌唱，
没有一颗星儿会闪光；
阳光在草坪上舞踊，
失了影的人在溪畔徜徉；
但一会儿也，一切和——
也一齐要散佚消亡。

一九二八，在西寺。

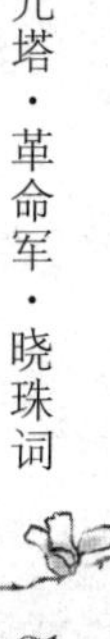

我还在异乡

孤荒！
我身还在异乡，
海崖下反复空虚的悲响；
拥挤着生淡容貌，
秋虫传报凄凉。

珠山的顶戴，
云的冠冕，汽的帐，
这千古沉默的 Sphinx，
构想，构想，
人间荒凉，
谜样。

久忘的故家，
残白，破户，和月季花；

薄云，帆般的飞，快。
古红的床儿，
睡过哥姊，母亲，爸爸。
顶上的花饬已，已歪。
谁家，呀？

檐下；我记得，
读倦了唐诗，
抱膝闲暇，
浮想着天涯，海洋，
飞越而去，幻想，
涣散了现实的尘网。

绿色泛溢的后园，
春泥气氛，
草丛上露珠闪金，
旋舞着金的，绿的，红的苍蝇。
干草堆儿，
母鸡样，
慈和地拥我晡（哺）过冬阳。

如今，异样，
我只感孤凉。
依旧，是天上的帆像，
却衰老了罗盖般的孤桑。

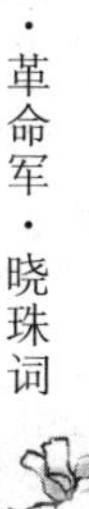

同样，
分飞，漂泊，死亡；
我也把我过去送葬，
不忍辨，
这已不是我的家乡。

唔，那云海中央，
淡轻的汽幛，幽香；
云母似的月儿；
深碧的天衣笼我身上；
海底的女妖交唱；
夜莺的清愁悲腔；
——我心的比牙琴的奏鸣哟！
我是在异乡，孤荒！

一九二八，在西寺。

给——

冷风刮过你的面颊，
我只低头凝思；
你咽呜着向我诉说，
但天哟，这是最后一次。

死的心弦不能作青春的奏鸣，
凝定的血液难叫它热烈的沸腾，
我今天，好友，告别你，
秋日的寒风要吹灭了深空孤星。

我没有眼泪来倍加你的伤心，
我没有热情来慰问你的孤零，
没有握手和接吻，
我不敢，不忍亦不能。

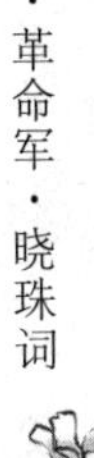

请别为我啜泣，
我委之于深壑无惜，
把你眼光注视光明前途，
勇敢！不用叹息！

一九二八，十月三十一日。

心

我的心是死了，不复动弹，
过往的青春美梦今后难再，
我的心停滞，不再驰奔，
红的枫叶报道秋光老衰。

我用我死灰般的诗句送葬尸骸，
我的心口已奔涌不出光彩灿烂。
猫头鹰，听，在深夜孤泣，
我最后的泪珠雨样飞散……

一九二八，十一月于西寺。

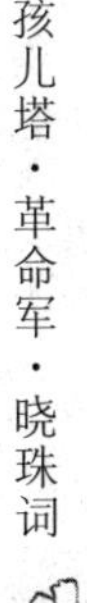

归来

归来哟，我的热情，
在我胸中燃焚，
青春的狂悖吧！
革命的赤忱吧！
我，我都无限饥馑！

归来哟！我的热情，
回复我已过的生命：——
尽日是工作与兴奋，
每夜是红花的梦影！
回归哟！来占我空心！

一九二八，十一月于西寺。

星儿

我们，手携手，肩并肩，
踏着云桥向前；
星儿在右边，
星儿在左边。

霞彩向我们眨眼，
我在你瞳人中看见，
——我要吻你玫瑰色的眼圈，
这次你再不要躲闪。

云雀的歌儿声清甜，
象飞散虹线，
撩动着，
把我心门摇开。

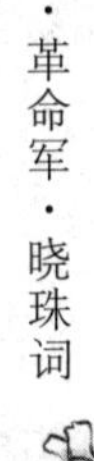

心门里高坐奇美，
颈儿旁围披了蔷薇花圈——
青春底传奇的献礼
还留在她的腮边。

心门不再流出火烟，
火烟已变成光华荣艳，
灵府如一座宝牙宫殿，
你，你倚立阶前。

太空多明星，
太空多生命，
我们手携手，肩并肩，
向前，向前，不停。

一九二八，于西寺。

给母亲

我不怪你对我一段厚爱，
你的慈恺，无涯，
但我求的是青春的生活，
因为韶光一去不再来。

那灼人的玫瑰花儿影，
燃心的美甜梦景，
要会一旦袭入你古老脑幕，
我不须在深夜呻吟。

但现在，我也有新的生命，
不怕浪漫的痴情再缠萦心庭，
在深夜山风呼啸掠过，
我聆听到时代悲哀的哭声。

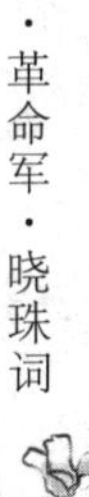

此后，我得再造我的前程，
收回转我过往的热情，
热情固灼燃起青春旧灰，
但也叫着我去获得新生。

一九二八，于西寺。

夜起

苍凉的孤月悬在中天，
她的哭泣已有千年，
千年的韶光衰残，
她总孤独地在碧空蹁跹。

夜风在林间呼嘘，
淡影横过菜畦；
谁把幽伤的琴声，
奏弄于高石桥下？

夜，殓衣般裹着吧！
墓山中也飞不起半影清磷，
无热的火光也难在冷夜，
燃起它们已死的青春。

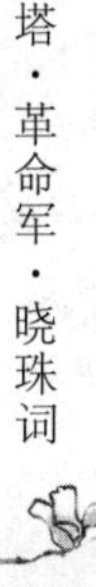

谁知道我枯心却在焦渴，
谁知道我把泪珠偷滴？
我心将爆裂，心将毁灭，
心中的幻象永难扑熄？

正当这个时分，
也无人把残夜报道三更；
幽怨的女神将对林低回，
这，即是我枯寂的心影。

我的心有蔷薇刺儿痕，
鲜血珠泉汩流难停，
我生命即使早日夭亡，
伤痕中也留下她的面影。

复活的情火把我硬骨灰化，
冷夜寒风中也幻见明春，
玫瑰花的容光，
照临吧，我的孤身！

寒凛的残夜，
苍月，凄风，远处虫鸣；
我默祷几时再对山窗，
得着或失去我的生命？

一九二八，于西寺。

你已然胜利了

你永远的丑小鸭哟，
你该在今宵告别你的痴情，
当你静听着丧钟鸣奏，
你该说：“我最后获胜。”

死的胜利，永久的胜利！
人生最后的慰抱是灰黑死衣；
今日还是你秉有憎恶和爱情，
明晨，你得吹熄你鼻尖冷气。

光荣的野心燃不起死的枯灰，
青春的绿光难照活黄昏的颓菩，
沙哑的诗喉对猫头鹰歌唱，
死骑的槁踵在你坟上踏遍。

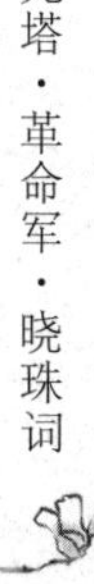

这时，别去你热情和高傲，
断割了恋念和情思，
埋葬了你忧烦，惊慌和苦恼，
丧钟即是你胜利的颂诗。

一九二八，于西寺。

我爱了……

我爱了俗人之爱，
我的心，好难受，
五旬的蔷薇开上她的面颊，
两颗星眼吸我不能回头。

我爱了俗人之爱，
几个深夜不会成眠，
梦中她象颗常绿小草，
长于桃红色的仙殿。

我爱了俗人之爱，
使我尽天忧闷流泪，
因为我已知道，
她的心不复是未放蓓蕾。

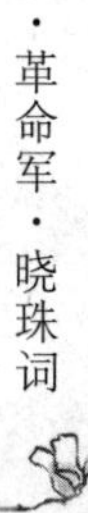

我爱了俗人之爱，
累我无日不悲叹，
担尽了惊悸，忧虑和烦恼，
爱情的苦毒在我肩上磨难。

一九二八，于西寺。

自恶

把你自己毁坏了吧，恶人，
这是你唯一的报复；
因为你的是一个高洁的灵魂，
不如世人的污浊。

你是至美，至尊的，恶人，
可以把世界鄙薄。
你不须求人谅解你的精神，
你的是该在世上永久孤独。

世界只无价的才是宝星，
闪光的珠玉也尽是污浊，
肉耳总难鉴赏你的清音，
世人爱的是蠢猪愚鹿！

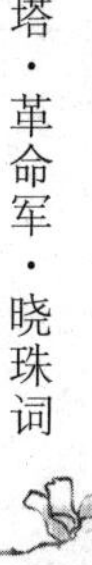

你胸中蕴藏了希有的光和美，
日复一日幽幽泣哭，
你温热的泪水清澄，
每个晨把它们洗浴。

你是自然的独生精灵，
人们总难把你抚摸，
他们难见顶上晶莹的明星，
只是把龌龊的衣带扪触。

你在世上只有毁坏，
这是你唯一的报复，
世人尽蠢逐污浪，
你也尽可把人血饮沐。

一九二八，于西寺。

生命，尖刺刺

生命，我今晨才把你认清：
在草丛中摇曳天风，
轻轻的散雾在四面浮动，
我立于高山之巅，
面对大自然的虚空。
哟！无限的感伤，
硬性的泪水掩住瞳孔。
生命，我认清了你
你荆棘样的，
尖刺刺入人心。

生命，你生来就面目狰狞，
你是贪婪又凶狠，
你给我的赐赠——
一把火样的热情，

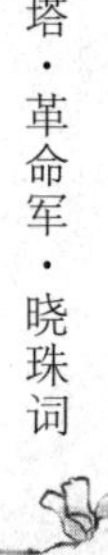

却孪带了一把剪刀般的薄命！
你把我在黑暗森林中引进，
我从你处接受了可诅咒的青春。
但你又磨难着我，
看我在深谷中呻吟。
生命哟，我知道你的本性，
你渴饮的是人类灵魂。

我呀，秉有这脆弱的虚心，
怎禁她那含情的转盼一瞬，
哪知道这就是尖的刺儿，
刺进在我心的深境。

我曾几夜遗失了睡眠，
我曾决几斗酸泪暗流不停，
焦渴的幻想扼住我的呼吸，
幸福的沉梦驱散我悲愁光阴。

呵！那朵白玫瑰的蓓蕾，
我宁可早日咀咒她憔悴，
她的美好践碎我的心，
她的冷酷赛如冰的块。

我是想毁弃生命，
生命，枯莽和死藤！

我深悔在高傲的山崖上面，
不把畸零的影儿飞堕。

呵！生命尖刺刺，
刺入我心流血丝，
只有死，伟大的死，
拔去刺，和着生命。

一九二八，于西寺。

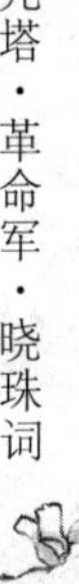

Epilogue

一九二七夏，我曾写了一篇长诗《萍》，只成了一部分，约五六百行。因生活不安定，原稿失去不能追寻。一九二八本有重写计划，但情绪已去，只余下短短的一些，这便成这一篇。

我的朋友，真，
这就是我的残稿一份，
　这印着是我过去，
　过去的情热，
和我幼小纯洁的真心。

但这是过去了，朋友，
我已杀死我以往生命；
　我不是说明晨，
　明晨我就要离去，

离去故乡，和你的深情？

我觉得，我的青春，
已把热焰燃尽，
　　我以后的途道，
　　枯干又艰困，
我不能不负上重任。

离去我的故乡旧村，
我要把我的新生追寻，
　　把以前的一切殡葬了，
　　把恩惠仇爱都结束了，
此后我开始在世上驰骋。

我恳求你忘去我，真，
我的影子不值久居你的心中，
　　今晚我跪着为你祈祝，
　　明晨也不能给你握手告行，
我要起程我孤苦的奔行。

一九二八，于西寺。

给——

And though our dream at last is ended, My bosom still esteems you dearly.

—Byron

我今天，在这清冷的下午，
我见了你的侧影，
罪恶的差过山样高耸，
我的心从胸中爆迸。
那里是我思想的清高？
那里有我真热的感情？
　一切是巧调，
　一切是空论，
我是一枚酷毒的尖刺，
孤零地在荆棘中生存。

你为我受尽苦辱，
你也是父爱母慈的中心，
　我蹂躏你，
　我侮辱你，
我用了死的尖刺，
透穿了你的方寸。

你伟大的心，
和解放的灵魂，
　只换得讥嘲，
　只换得伪笑，
掩埋了青春，
殡葬情热的梦影。

姑娘哟，我们的梦已终了，
我心中仍把你摹（膜）拜尊敬，
　是我罪恶，
　是我残酷，
我见的侧影，
我说“救慰你非我可能”……

一九二八，于西寺。

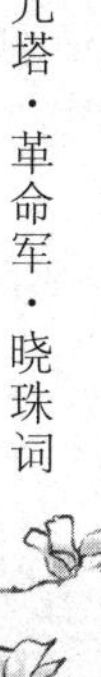

残歌

姑娘哟，你的乌云，
我引用这破旧的名，
形容你秀散的头发，
你的发儿煽痛我的心！
我要，吞吃你那对兔儿眼睛，
你好似一枝白色的郁金香，
孤傲傲地摇立在沙漠中心，
你的叶脉中混流着银河的甘露，
当朝阳新妆，哟，
你闪发你希（稀）有的静美，
呵，呵，你的美扼痛人的心。
姑娘哟，你那末美好，
你和稚鹿一样的活泼年青，
可是你丰满的胸脯底下，
伏的却是一颗冷硬的心？

焦思使我发狂，
我幻觉夺去了我的睡眠，
我的精神环飞穹宇，
到处，到处都有你的幻影！
伟大的姑娘，你这样支配着我，
这样支配着我，
你的美好已吃食了我的灵魂！
天，谁能责我这单面狂热，
你的容颜不能战胜。

我的灵魂象（像）根芦草，
你却是狂飙一阵，
把我整个地，整个地，
带入你的怀抱去吧，
我愿上山巅，
我愿卷入海洋底深深，
只要你，你美丽的力士，
你抱着我轻渺的孤身。

我只要见你，
见你这对兔儿眼睛，
你的红润樱吻，
我便是驾临世界的幸运，
我是名盖历史的凯撒，
我是威震全球的拿破仑。
可怜哟，我的幻影，

我若是还有青春，
我也该使它流亡如一热吻？
硬心的姑娘哟，
你怎不能察我深心？

你昨天，唉，颊上飞浮桃雾，
我要是是你心中的……
不敢向你说出的深誓，
“为我，拿去我的心！”
只逗留在我的焦唇，
一天一天地在等，等，等……

你用你白皙的手儿，
承受这片白纸吧！
我要你，要你，要你
明白在字影底下，
怎样狂跳我的心，
怎样乱印热泪与吻痕……

这不是墨的痕迹，
黑的字儿也用我的心血，
难道要待青春枯萎，
难道要待秋雁南回，
短音阶的哀乐中呻唱：
“残碎的心儿来墓门快归”？

一九二八，于西寺。

飘遥的东风

我幻见你是在浩茫的江中，
江上吹啸着飘遥的东风，
　　东风来自太平洋心窝，
　　深掩着古旧的伤剁，
东风把你向暗沉沉的故乡吹送。

无力的船只戏着涟漪水波，
淡黄的月晖微和衰残的渔歌。
　　你有心底受惊的憷忡，
　　你有灵府中难洗的创痛，
你的梦幻是碎破，碎破！

水，银灰色的波纹，
涌起的浪沫一层层，
　　机械在重压之下微喟，

笛音在远山之巅缭绕，
去兮，去兮，我的友人！

一九二八，于西寺。

干涸的河床

在人迹罕到的南山岙边，
迤逦着一条干涸的河床，
乌黑的云雾堆满了长天，
往昔的青春于今已往。

忆那时，两旁拱护芳馥青藤，
镜波微涟扰不破茸茸的绿影，
玉般的白色睡莲伫立，
瞌倦地等候着水底的精灵。

阳光天真地游跃，
林泽的 Nymph 常来入浴，
她们润黑的长发，
漂浮在波纹上奔逐。

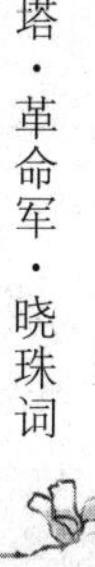

但——这是一条干涸的河床，
没有青翠翠的屏障，
没有漪涟，
Nymph 也都遁迹，
睡莲萎灭，
阳光——也不再停息，
只有乌云密密密……

一九二八，于西寺。

致F

我总想把你的现状记算，
你现在已离我千里，
凭我还有几多欢乐，
总也难压下我心的悲凄。

昨夜，一样的深夜冷气，
窗外也一般地阵阵细雨，
你悲咽地道着伤感，
热泪也流得尽情如意。

今宵何处再反响熟耳的音韵？
檐溜沉重的滴上心头，
听着寒缩的郊外孤吠，
我心上无端地掩上烦忧。

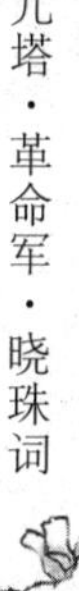

你是别我而去了，我相信，
你必得重归你的家庭，和——爱人，
祝你平安哟，我的姑娘，
请忘了我，这个潦倒的浪人。

一九二八。

别的晚上

天空在流着别意的泪水，
我呵，胸中绞缠怨怼；
　　但是也罢，
且托着幻想数计我们未来再会。

我生命之筏在时光波上溜过，
没有谁向给我片刻的留恋，
　　萍水一般的，
你的别离却赐赠了心的缠绵。

不用说此后难再同登珠山，
我的眼帘也不能燃灼你天真顾盼，
　　但我有一句话留你
“你第一个勾引起我纯洁爱念。”

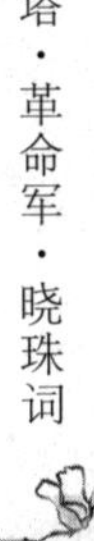

姑娘你别徒流悲哀泪水，
眼泪只会增添你胸中的傀儡（块垒），
　　向前去呵，
创造去，你幸福的将来。

天下着牛毛细雨，淅沥不停。F姑娘将于次日返杭，晚，于惨切的灯光之下，伏枕大哭，我亦悲不能胜，作诗示之。

一九二八，于象山。

想

当夜风奏鸣，
竹涛箫箫（萧萧）时，
我想起你，我亲爱的姑娘，
呵，夜的帷幕下降，
宇宙罩笼着愁惨微光，
我设想我俩缓步，
在旷茫的平野中央。

当朝阳放光，
彩霞与兴鸟齐飞，
赞声四扬时，
我想起你，我亲爱的姑娘，
我如梦般地想见，
你和我同在翱翔，
翱翔于万层的云锦之上，

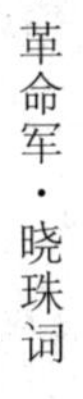

哟！四望茫茫，
你轻渺的衣纱，
在风涟中奔荡，
我们——呵，如狂。

当星星闪眼，
银河暗移，
夜莺在南欧林中歌唱，
梵尼斯的海波静谧时，
我想起你，我无价的姑娘，
你头披白色的纯纱，
泪光在玉色茉莉叶上闪耀；
你轻提着你姗步，
走上一座云桥，
你高洁的脸，圣光，
你无言，又无微笑，
独步上云桥。
天使的幽乐洋溢，
流星的光沫四溅，
你离地去了，去飘渺，
飘渺的天宫，寂寮（寥），
姑娘哟，我见你，
佩着白花离我去——了！

一九二八，于象山。

给——

F 哟，我何时得再见你呢？
我纯洁的初恋哟，
你是东方的 Beatrice，
我何时得见你于梦的天堂？

在珠山的绿荫下，
依旧醴泉溜过白石，
只是你的小脸，
何时再与我同映一次？

西寺的高桥边，
长松依然晖映着夕阳，
只是我得何时，
再在此醉你幽香？

爵溪的黄沙十里，
依然是平坦无际，
只我得何时，
和你共作球戏？

哟，姑娘哟，往事重提，
愈想愈有深意，
旧创再理，
刺心的苦痛怎禁得起？

你是离我去了，
我每空向浮云道你安宁，
若我今日即撒手长逝，
我最宝贵着你的小影。

一九二八，于象山。

旧忆

你有如茅蓬中的幽兰，
纯白的肌肤，
如天使的花环。
你的幽香，
颤栗于我灵魂的深关……
天！
逝光难再！
桦林下同坐闲谈，
冷风中默向红炭，
模糊，朦胧，
和梦一般。

姑娘，纯情不能死亡，
赤忱不易消散，
你今在天涯，

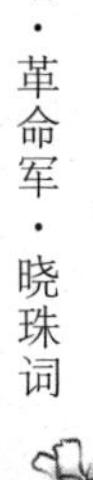

还在地角，还……？
且由我祝祷，
愿我俩同梦珠山。

一九二八，于象山。

死去的情绪

F 哟，我初次握你手时，
你的手冷润如玉，
忽而感伤袭击我的胸怀，
我想伏在你胸前痛哭！

你是一颗苦伶的小花，
命运示你以凶残齿牙，
我对你有无限惶愧，
我是个惰怠的懒汉。

如今，你创造，
我也征战了，
我遥寄无限的同情，
我爱幻见你那种热情的微笑……

一九二八，于象山。

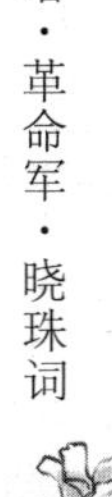

我醒时……

我醒时，天光微笑，
林中有小鸟传报，
你那可爱的小名，
战栗的喜悦袭击着我，
我不禁我诗灵鼓翼奔腾。
我的诗和虹彩一样，
从海起入天中，
直贯着渺漠的宇宙，
吹嘘着地球的长孔。
只有你的存在，
我的生命才放光芒，
我的笔可腾游宇寰，
每个歌鸟都要吟唱。
白色的玫瑰花，
你要迎光开苞，

太平洋为着你平静，
昆仑山为着你不倒……
我从你的梦中醒时，
林中的鸟儿把你小名传报……

一九二八，于象山。

现在

呵，牧歌已往逝矣，
我不得不面对丑恶的现在，
我的诗魂已随她去矣，
现在的我是罪恶凶残。

不再，是过去纯洁的恋幻，
死亡，是以前美妙的诗景，
今日只是一个黑色的现在，
明日也只是一抔荒凉孤坟。

一九二八，于象山。

无题的

一

沉醉
天！
无从排遣！
湖面，银灰色的水，
青天，铅片，
小桨散线，
远鸟清脆。

煤烟
蔽目的灰
纷飞！
摩托车在路上驰追，
暗角有女人叫“来……”
电车暴嗔！

来个洋人，撞了满面……

二

是夜间时辰，
火车频频的尖着声音，
楼上有人拉着胡琴，
“馄饨……点心……”
有牌儿声音，
乞儿呻吟，
——
都市的散文！

三

篱笆旁边，
臭味冲天，
上面写着大字威严，
“此地不准小便”
流着黄，绿，白的曲线，
滚着肥肥的白蛆累累。

呵，此地在溃烂，
名字叫作“上海”！

四

写着字，
光线渐死，
注意！
油已经到底！
都市有电灯，
不装给穷人。

一九二九春，流浪中。

春

春，带着你油绿的舞衣，
　　来吧，来弹动我的心弦！
我的心已倦疲，
我的创伤十分深陷，
我久寂的心弦望你挥弹。

鸟，带来你婉转的歌簧，
　　来给我一个激励的歌唱！
我的泪泉已然枯干，
我的感觉十分麻顽，
我盼你的歌声复活我情感！

水，带来你青苔下的水仙，
　　来给我一个沉醉的良夜吧！
我的手，疯瘫，

我的血，迟缓，
我求你给我一个生的灵感。

春，带了舞衣，水和鸟，
姗姗地踏遍了人间。
没把我心弦挥弹，
没把我泪泉复还，
也没给我一个生的灵感。

死，那末你带尖刺来，
　　来给我最后的引渡吧！
我的心，疲怠，
我的生，十分枯干，
求你来，来给我慰安！

一九二九年春，流浪中。

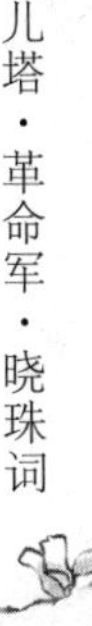

写给一个姑娘

姑娘，叫我怎样回信？
　我为何不交你以我的心？
但是哟，看过去在它刻上伤痕，
　伤痕中还开着血花盈盈。

死去是我寂寞的青春，
　青春不曾留我一丝云影，
不曾有过握手，谈心，
　也没有过吻染脂粉。

我现下是孤凄地流泪，
　无限的前面是不测的黑暗，
过去的生命剪去了十九年，
　人生的秘密不曾探得一线！

这却是上帝的公平，
　也是造物的普慈婆心，
因为我，我是那末畸零，
　火样的情热只能自焚。

我知足地，不生妄求，
　虚伪的矜持代替着抖擞，
人的性是不死的魔头，
　在清夜不禁叹声偷漏。

我何曾不希求玫瑰花房甜的酒，
　我看见花影也会发抖，
只全能者未给我圣手，
　我只有，只有，只有孤守。

姑娘，原谅我这罪人，
　我不配接受你的深情，
我祝福着你的灵魂，
　并愿你幸福早享趁着青春。

我不是清高的诗人，
　我在荆棘上消磨我的生命，
把血流入黄浦江心，
　或把颈皮送向自握的刀吻。

一九二九年春，流浪中。

赠朝鲜女郎

朝鲜的少女，东方的劫花，
你就活泼地在浮木上飞跑。
我看见你小腿迅捷的跳动，
你是在欢迎着浪花节奏的咆哮。

浮木是你运命的象征，
远离故乡，随水漂泊，
谁掬向你一杯同情？
你真该合这浪花同声一哭。

你，少女，是那样美好，
你仿佛是春日的朝阳，
你小小的胸口有着复仇的火焰，
你黑色的眼底闪耀着新生燎光。

请立在这混浊的黄浦江头，
倾听着怒愤的潮声歌着悲调，
你的故乡是在冰雪垓心，
痛苦的同胞在辗转呼号。

要问这天空几时才露笑容，
问这罪恶何日得告终结？
何日你方可回归故里，
在祖父的坟头上剖心啜泣？

浮萍般的无定浪迹，
时日残蚀了生命花叶，
偷生在深的，深的暗夜，
何时得目睹光荣的日出？

你请放高歌吧，
你胸中不是有千缕怨丝，
你的心不是在酸楚地跳抖，
对着黄浦你该发泄你的悲嘶！

你不停地向前跳去，
你是欢迎着咆哮的旋律；
我知道越过一片汪洋波涛，
那边有着你的仇敌。

女郎，愤怒地跳舞吧，
波浪替你拍着音节，
把你新生的火把燃起吧！
被压迫者永难休息！

一九二九年春，流浪中。

梦中的龙华

哥哥哟，上海在背后去了，
　骄傲地，扬长地，
我向人生的刺路踏前进了，
　渺茫地，空虚地。

呵，吃人的上海市，
铁的骨胳，白的齿，
马路上扬着死尸的泥尘，
每颗尘屑都曾把人血吸饮。

冷风又带着可怕的血腥，
夜的和音中又夹了多少凄吟，
我曾，哥哥，踯躅于黄浦江头，
浦江之上浮沉着千万骷髅。

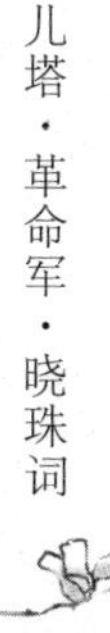

只有庄严伟丽的龙华塔，
日夜缠绕着我的灵魂，
我如今已远离上海，
龙华塔只能筑入我的梦境。

呵，龙华塔，龙华塔，
想你的红砖映着天白，
娆娇的桃枝衬你孤拔，
多少的卑怯者由你顶上自杀。

白云看着你返顾颤惊，
雷神们迅速地鼓着狂声，
电的闪刃围绕你的粗颈，
雨般的血要把你淋，淋……

可是你却健坚的发着光芒，
仇敌的肌血只培你荣壮，
你的傲影在朝阳中自赏，
清晨的百灵在你顶上合唱。

你高慢地看着上海的烟雾，
心的搏动也会合上时代脚步，
我见你渐渐把淡烟倾吐，
你变成一个烟突，
通着创造的汽锅。

一九二九年春，流浪中。

春天的祷词

春风哟，带我个温柔的梦儿吧！
环绕我的只有贬（砭）骨的寒冷，
　只有刺心的讽刺，
　只有凶恶的贫困，
我只祈求着微温，
即使微温也足使我心灵苏醒！

我的心不是没灼热的希望过，
我的心不是没横溢的情火过，
只是哟，冰般的泪水曾泛遍心田，
剩下的只是现今的一片无垠焦枯。

春风哟，偕着你的春阳来吧！
让我周遭飞跃些活泼玲珑的小鸟，
竞放些馥郁的万紫花儿吧！

即使这只装饰了我心的墓道，
我死的灵魂也给与个陶醉吧！

一九二九，二，二十七。

月夜闻鸡声

哟，友人，静寞的月夜不给你桃色的梦，
摇荡着的灵魂漂上了水晶仙宫，
但，这儿，听，有着激励的鸡鸣，
是这时候你便该清醒。

若是朝阳已爬上你的窗棂，
还需要你把赞歌狂吟！
荣冠高踏（蹈）的时代先知，
在月夜就唱就了明晨新诗。

友人，起来，这正是时候，
月光的清辉正洗照了楼头，
束着你闪光的刚亮的宝剑，
趁着半夜正可踏上银河白练。

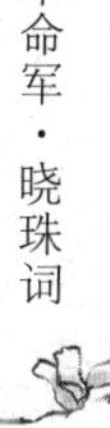

　踏着虹的桥，星河的大道，
星儿向着你的来向奔跑，
　你向前走去欢迎明晨，
你因为必要做着第一个百灵！

一九二九，三，二十三。

寂寞的人

公园的夜凉如水，
静寞的桦林也停止嚅嗫，
微风哟，把薄云儿推，
流星在银河旁殒灭……

寂寞的人缓步着长夜，
他的影儿有如浓雾，
风吹拂他无力身上的衣衫，
细软的发儿向四方轻舞。

灯下他也不低徊，
树荫他也不留恋，
他不停着听水涟的睡歌，
他也不细聆莲花的吟哦。

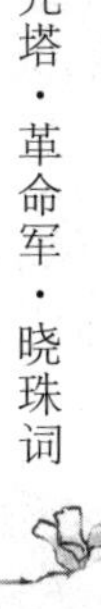

他只是走着，走着路，
如醉着，如睡着，如病着。
他是一个寂寞的孤儿，
他是一个秋夕的雕残花托。

沉重的步伐踏着软的草，
细弱的呼吸嘘着轻轻叹息，
心的花残，血干，叶儿槁，
骸骨的飘游还不舍个寻觅。

“我不愿再问你无信的白云，
你只带了我虚渺的音耗，
说在那高山巅上有青春，
我却徒然跋涉，徒然潦倒……

“我再不愿问你轻薄的波涛，
你只欺骗去了我血花样的年青光阴。
在那河的湾上，塔尖儿高，
教堂只是传扬别人的婚礼钟声……

“我要徒步的向前，向前，
手捧着心儿，心满着爱情，
我要寂寞地走向冷静墓前，
玲珑的芝草轻摇着坚柏的荫。

“你莫问我泪光的尖锐，
希望的灯火即是葬礼的准备，
但我爆裂之心的血花血蓓蕾，
也要在永久的幻影之下耀着光辉。”

晚与征夫同步公园，颓丧得非凡，自觉这冷寂的过去，好像一条横旋翠微的山道，在暮霭中隐现，真有一种无可奈何的感慨。会征夫又谈起了故友新交等纠葛，都不禁感伤地沉默了下来。像一对醉了的浪人似的，在一对对的金纽丝衣的爱人群中，踉跄而归。

一九二九,八月五日。

给林林

我方从黑暗的笼中出来，
就闻得你重来海上的音耗，
我把（巴）不得立刻就飞向南陲，
来和你握手接吻拥抱！
但是，人事的不测的波浪，
终击打着我们软弱的羽翼，
我只有空望飞云箭归虚寂之乡，
失望的心儿在幽暗的夜中吞泣。

你只漂浪人间的孤儿哟，
今日你，你独访西子，
石头城下白露（鹭）洲的泪影，
洗浊（濯）多少不断的烦恼春丝？
我祝福你，自由的穷人，
湖山的媚光总诱启你的天才，

我虽没握手倾听火车郎（朗）鸣，
无依的灵曲中也插歌着慰安。

一九二九年，八,五，深夜。

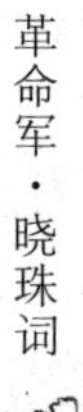

给茂

这是我青春最初的蓓蕾，
是我平凡的一生的序曲，
我梦中吻吮这过往的玫瑰，
幼稚的狂热慰我今日孤独。

现今哟！是春的季候，
故乡的田野撒满黄花，
六年前我要拿住小手，
和你并肩地踏完春假。

记否呀，那郊外的田阱，
从从密密地长着毛茛；
我们在一个晴明早晨，
我束了黄花向你献呈？

这都是散消了的烟云，
暮春的杜鹃催去了憧憬，
只我在梦中还见你小影，
沉重的怅惘，空望天青。

老人的岁月的巨轮，
已辗碎了我青春幻影；
我现今是孤独奔行，
往日的回忆徒勾伤心。

但我不能压制血液，
血和泪的交迸，
我要理我当日狂歌，
花束般向你献呈。

一九二九年流浪途中。

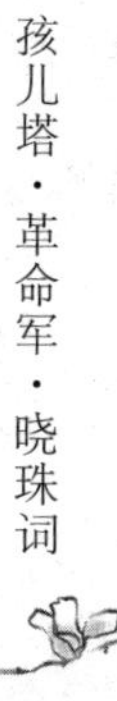

幻象

和风中，我依窗向月凝望，
月哟，孤凉地注射银光，
消隐了，玉兔和金桂香，
青空中，浮动着，
我的幻象，永久的幻象。

愿如烟儿般轻飘，
如萍片样无边地荡洋（漾），
让春也死，秋也逝，
天堂，地狱，和净修场，
都（是）我无记忆的心的家乡。

只是幻象呵，
你推，压，刺，榨扼我心肠，
你无情地燃起火的光，

你又不眠地看我踏破夜的曼洋洋，
看那月辉，冰样，雪样，泪样……

一九二九。

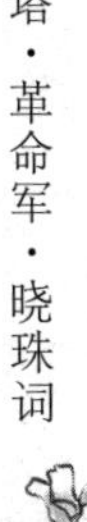

夜的静……

天的星环，水池的闪光，
暗风中传布着野草野花香，
但我的世界哟，
无涯的悲伤，一片荒场。

天，给我一支现实的歌吧，
给我一个明媚光华的晴日吧！
我灵魂是病着的，病着的，
愿天莫给我重重磨折吧！

我颓衰不如感伤的诗人，
我勇猛不及气吞山河的战将，
日中的眼皮点着梦的刺，
夜的静默，给我悲伤，
想见，想跃向光亮。

一九二九。

残酷的时光，我见你……

残酷的时光，我见你……
鼓着黑色的翅膀逝去，
剩留下我，
无依地，
在忏悔的深渊里，
没奈般饮泣。

黑色的蔷薇呢？
你的尖刺，你的尖刺，
进来吧，这，心头，
直刺，刺到深深的底！

我不让，
幽蛇般的痛苦，
啮吃我无辜的心；……

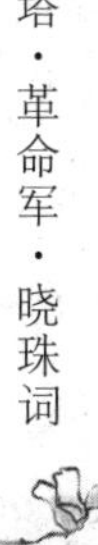

时光，我见你，
一去不再来临。

一九二九。

记起我失去的人

白色的稚花，
开满了幽径，
青高天空，
游飞着罗般的白云，
我静听着萧诉残怨，
不禁想起你，我失去的人。

F，你在何处？
赤杨无知，
遥询轻云，
轻云无语溜过，
我悲痴的声音沉入
宇宙无底的过去……
我的姑娘，我的姑娘，
我在想着你，你可知？

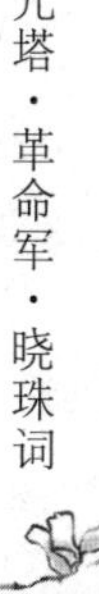

昔日，多少温情蚀我心，
昔日，你给我多少生命的花影，
如今，你失在人海，
如今，我们无时相见。

永久失去的人，
偕着我的心去吧，
偕着我的心去吧
踪迹高山的麋鹿，
同登——我的皮屈丽司，
同登天堂，同入地狱。

往日的梦，消逝，
黑色的前途……
休，休！
把生命的手儿轻挝，
失去了你，
我立于世上空孤。……

一九二九。

是谁又……

是谁又使我悲咆呢？
是谁扰起了我的幻灭，（？）
我本不欲幽叹，
也不愿哀哀哭泣！

我清冷的一生，
无人顾惜，
我周遭静静地，
沉寂。

有火和力，
我要燃起生命的灯，
冷漠的世界，
要听我有力的声音。
只是，我告别了旧的衣履，

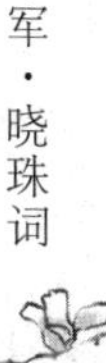

裸热的胸怀，

却迎受，在暗夜，冷风和凄雨。

一九二九。

短期的流浪中

一、想着她

爱情——狡恶的混蛋！
这是我第一次把你痛骂，
要是你始终没把我也，
麻烦头脑昏花……

想着她，书也难读，
字行中浮沉着她的眼睛，
想着她，哭也难哭，
心的烈火把泪水沸蒸。

想着她，难望故乡，
珠山的回路引到心创——
是榆林的荫影底下，
我曾梦见过伊甸天堂。

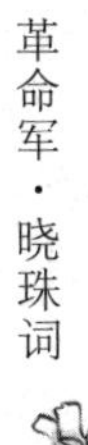

如今谁也不听我的声音，
只残酷的让我在回忆中辗转，
枯灰，落叶，干涸的河床是我青春，
我的心愿上上昆仑山。

二、望

望望天空，青，灰，混沌又下雨，
心里悲哀，无聊亦发愁，
鬼影夜叉般，书籍围上我，
干草丛中我又俯拾了黄金年头：

小的白的双脚浸在凉水中，
脏的黑的手儿放在馋口，
莫说不知天地，人生和宇宙，
满心只想捉水下的泥鳅。

如今我忽然离去故园庭，
知识，经验，年龄带我苦哀愁：
既不飞飞上上虹的花的光的国，
又不落，落下污泥，深水，地狱口。

一九二九。

孩儿塔

孩儿塔哟，你是稚骨的故宫，
伫立于这漠茫的平旷，
倾听晚风无依的悲诉，
谐和着鸦队的合唱！
呵！你是幼弱灵魂的居处，
你是被遗忘者的故乡。

白荆花低开旁周，
灵芝草暗覆着幽幽私道，
地线上停凝着风车巨轮，
淡漫漫的天空没有风暴；
这哟，这和平无奈的世界，
北欧的悲雾永久地笼罩。

你们为世遗忘的小幽魂，

天使的清泪洗涤心的创痕；
哟，你们有你们人生和情热，
也有生的歌颂，未来的花底憧憬。

只是你们已被世界遗忘，
你们的呼喊已无迹留，
狐的高鸣，和狼的狂唱，
纯洁的哭泣只暗绕莽沟。

你们的小手空空，
指上只牵挂了你母亲的愁情，
夜静，月斜，风停了微嘘，
不睡的慈母暗送她的叹声。

幽灵哟，发扬你们没字的歌唱，
使那荆花悸颤，灵芝低回，
远的溪流凝住轻泣，
黑衣的先知者默然飞开。

幽灵哟，把黝绿的磷火聚合，
照着死的平漠，暗的道路，
引住无辜的旅人伫足，
说：此处飞舞着一盏鬼火……

一九二九，于上海流浪中。

妹妹的蛋儿

妹妹哟，我亲爱的妹妹，
呵，给我力，禁止我的眼泪，
我的心已经碎了……片片……
我脆弱的神经乱如麻线，
呵，那是你，我的妹妹，
你就是一朵荆榛中的野玫瑰。

你哥哥，是流浪在黄浦江畔，
黄浦的涛歌凄惨难堪，
上海是白骨造成的都会，
鬼狐魑魅到处爬行，
那得如故乡呵，
世外桃源地静穆和平，
只有清丽的故家山园，
才还留着你一颗纯洁小心。

妹妹，自我从虎口跳出，
我便开始在世上乱奔，
如一个小舟失去舵艢，
野马溜了缰绳！
呵，茫茫的前程，
遍地是火，遍地是苦的呻吟，
血泊上反响着强者狞笑，
地球上尽是黑暗森林！

我遇着是虐行和残暴，
欺诈，侮辱，羞耻，孤伶！
我眼看地球日趋灭亡，
人类的灵魂也难再苏醒，
厌恶的芽儿开了虚无的花，
想把生命归与地球同尽！

但今天，你使我重信，
地球不死，人的灵魂，
也好似一丛茂繁的森林，
荆棘上开放着白的玫瑰，
顽石旁汩流着珠泉清清……

妹妹，你救拯了我，
以你深浓的同情，
我不能为黑暗所屈服，

我要献身于光明的战争，
妹妹哟，我接着你从故乡寄出的蛋儿，
我不禁我泪儿流滚，
但请信我吧，
我不再如以前般厌憎生命！

一九二九春。

革命军

第一章　绪论

扫除数千年种种之专制政体，脱去数千年种种之奴隶性质，诛绝五百万有奇披毛戴角之满洲种，洗尽二百六十年残惨虐酷之大耻辱，使中国大陆成干净土，黄帝子孙皆华盛顿，则有起死回生，还魂反魄，出十八层地狱，升三十三天堂，郁郁勃勃，莽莽苍苍，至尊极高，独一无二，伟大绝伦之一目的，曰“革命”。巍巍哉！革命也！皇皇哉！革命也！

吾于是沿万里长城，登昆仑，游扬子江上下，溯黄河，竖独立之旗，撞自由之钟，呼天吁地，破颡裂喉，以鸣于我同胞前曰：呜呼！我中国今日不可不革命！我中国今日欲脱满洲人之羁缚，不可不革命；我中国欲独立，不可不革命；我中国欲与世界列强并雄，不可不革命；我中国欲长存于二十世纪新世界上，不可不革命；我中国欲为地球上名国，地球上主人翁，不可不革命。革命哉！革命哉！我同胞中，老年、中年、壮年、少年、幼年、无量男女，其有言革命而实行革命者乎？我同胞其欲相存相养相生活于革命也。吾今

大声疾呼，以宣布革命之旨于天下。

革命者，天演之公例也。革命者，世界之公理也；革命者，争存争亡过渡时代之要义也；革命者，顺乎天而应乎人者也。革命者，去腐败而存良善者也；革命者，由野蛮而进文明者也；革命者，除奴隶而为主人者也。是故一人一思想也，十人十思想也，百千万人，百千万思想也，亿兆京垓人，亿兆京垓思想也。人人虽各有思想也，即人人无不同此思想也。居处也，饮食也，衣服也，器具也，若善也，若不善也，若美也，若不美也，皆莫不深潜默运，盘旋于胸中，角触于脑中，而辨别其孰善也，孰不善也，孰美也，孰不美也。善而存之，不善而去之；美而存之，不美而去之，而此去存之一微识，即革命之旨所出也。夫犹指此事物而言之也。试放眼纵观，上下古今，宗教道德，政治学术，一视一谛之微物，皆莫不数经革命之掏摝；过昨日，历今日，以致有现象于此也。

夫加是也，革命固如是平常者也。虽然，亦有非常者在焉。闻之一千六百八十八年英国之革命，一千七百七十五年美国之革命，一千八百七十年法国之革命，为世界应乎天而顺乎人之革命，去腐败而存良善之革命，由野蛮而进文明之革命，除奴隶而为主人之革命。牺牲个人以利天下，牺牲贵族以利平民，使人人享其平等自由之幸福。甚至风潮所播及，亦相与附流合汇，以同归于大洋。大怪物哉，革命也！大宝物哉，革命也！

吾今日闻之，犹口流涎，而心痒痒。吾是以于我祖国中，搜索五千余年之历史，指点二千余万万里之地图，问人省己，欲求一革命之事，以比例乎英、法、美者。呜呼！何不一遇也？吾亦尝执此不一遇之故而熟思之，重思之，吾因之而有感矣，吾因之而有慨于历代民贼独夫之流毒也。

自秦始统一宇宙，悍然尊大，鞭笞宇内，私其国，奴其民，为专制政体，多援符瑞不经之说，愚弄黔首，矫诬天命，揽国人所有而独有之，以保其子孙帝王万世之业。不知明示天下以可欲、可羡、可歆之极，则天下之思篡取而夺之者愈众。此自秦以来，所以狐鸣篝中，王在掌上，卯金伏诛，魏氏当涂，黠盗奸雄，觊觎神器者，史不绝书。于是石勒、成吉思汗等，类以游牧腥膻之胡儿，亦得乘机窃命，君临我禹域，臣妾我神种。

呜呼，革命！杀人放火者出于是也。呜呼，革命！自由平等者，亦出于是也！

吾悲夫吾同胞之经此无量野蛮之革命，而不一伸头于天下也。吾悲夫吾同胞之成事齐事楚、任人掬抛之无性也。吾幸夫吾同胞之得与今世界列强遇也。吾幸夫吾同胞之得闻文明之政体、文明之革命也。吾幸夫吾同胞之得卢梭《民约论》、孟德斯鸠《万法精理》、弥勒约翰《自由之理》、《法国革命史》、美国《独立檄文》等书译而读之也。

是非吾同胞之大幸也夫！是非吾同胞之大幸也夫！

夫卢梭诸大哲之微言大义，为起死回生之灵药，返魄还魂之主方。金丹换骨，刀圭奏效，法美文明之胚胎，皆基于是。我祖国今日病矣，死矣，岂不欲食灵药、投宝方而生乎？苟其欲之，则吾请执卢梭诸大哲之宝幡，以招展于我神州土。不宁惟是，而况又有大儿华盛顿于前，小儿拿破仑于后，为同胞革命独立之表木。

嗟呼，嗟乎！革命，革命！得之则生，不得则死！毋退步，毋中立，毋徘徊，此其时也，此其时也！此吾所以倡言革命，以相与同胞共勉共勖，而实行此革命主义也。苟不欲之，则请待数十年百年后，必有倡平权、释黑奴之耶女起，以再倡平权、释数重奴隶之支那奴！

第二章　革命之原因

革命！革命！我四万万同胞今日为何而革命，吾先叫绝曰：

不平哉！不平哉！中国最不平、伤心惨目之事，莫过于戴狼子野心、游牧贱族、贼满洲人而为君，而我方求富求贵，摇尾乞怜，三跪九叩首，酣嬉浓浸于其下，不知自耻，不知自悟。哀哉，我同胞无主性！哀哉，我同胞无国性！哀哉，我同胞无种性、无自立之性！

近世革新家、热心家常号于众曰：中国不急急改革，则将蹈印度后尘，波兰后尘，埃及后尘，于是印度、波兰之活剧，将再演于神州等词，腾跃纸上。邹容曰：是何言欤？是何言欤？何言欤？何厚颜盲目而为是言欤？何忽染疯病而为是言欤？不知吾已为波兰、印度于满洲人之胯下三百年来也，而犹曰"将为也"。何故？请与我同胞一解之。将谓吾已为波兰、印度于贼满人，贼满人又为波兰、印度于英、法、俄、美等国乎？苟如是也，则吾宁为此直接亡国之民，而不愿为此间接亡国之民。何也？彼英、法等国之能亡吾国也，实其文明程度高于吾也。吾不解吾同胞不为文明人之奴隶，而偏爱为此野蛮人奴隶之奴隶。呜呼！明崇祯皇帝殉国，“任贼碎戮朕尸，毋伤我百姓”之一日，满洲人率八旗精锐之兵，入山海关，定鼎北京之一日，此固我皇汉人种亡国之一大纪念日也。

世界只有少数人服从多数人之理，愚顽人服从聪明人之理，使贼满洲人而多数也，则仅五百万人，尚不及一州县之众；使贼满人而聪明也，则有目不识丁之亲王、大臣，唱京调二簧之将军、都统。三百年中，虽有一二聪明特达之人，要皆为吾教化所陶熔。

一国之政治机关，一国之人共司之，苟不能司政治机关，参与行政权者，不得谓之国，不得谓之国民。此世界之公理，万国所同然也。今试游于华盛顿、巴黎、伦敦之市，执途人而问之曰：“汝国中执政者，为同胞欤？抑异族欤？”必答曰：“同胞，同胞！岂有异种执吾国政权之理。”又问之曰：“汝国人有参预行政权否？”必答曰：“国者，积人而成者也，吾亦国人之分子，故国事为己事，吾应而参预焉。”乃转信我同胞，何一一与之大相反对也耶？

谨就贼满人待我同胞之政策，为同胞述之。

满洲人之在中国，不过十八行省中之一最小部分耳。而其官于朝野者，则以一最小部分，敌十八行省而有馀。今试以京官满汉缺额观之，自大学士、尚书、侍郎，满汉二缺平列外，如内阁衙门，则满学士六，汉学士四，满蒙侍读学士六，汉军、汉侍读学士二，满侍读十二，汉侍读二，满蒙中书九十四，汉中书三十。又如六部衙门，则满郎中、员外、主事缺额，约四百名，吏部三十馀，户部百馀，礼部

三十馀，兵部四十馀，刑部七十馀，工部八十馀。其馀各部堂主事皆满人，无一汉人。而汉郎中、员外、主事缺额不过一百六十二名，每季《搢绅录》中，于职官总目下，只标出汉郎中、员外、主事若干人，而浑满缺于不言，殆有不能示天下之隐衷也。是六部满缺司员，几视汉缺司员而三倍（笔帖式尚不在此数）。而各省府道实缺，又多由六部司员外放，何怪满人之为道府者，布满国中也。若理藩院衙门，则自尚书、侍郎迄主事、司库皆满人任之，无一汉人错其间（理藩之事，惟满人能为之，咄咄怪事）。其余掌院学士、宗人府、都察院、通政司、大理寺、太常寺、太仆寺、光禄寺、鸿胪寺、国子监、仪卫诸衙门缺额，未暇细数。要之，皆满缺多于汉缺，无一得附平等之义者。是其出仕之途，以汉视满，不啻霄壤云泥之别焉。故常有满汉人同官、同年、同署，汉人则积滞数十载不得迁转，满人则俄而侍郎，俄而尚书，俄而大学士矣。纵曰满洲王气所钟，如汉之沛，明之濠，然未有绵延数百年，定为成例，竟以王者一隅，抹煞天下之人才，至于斯极者也。向使嘉、道、咸、同以来，其手奏中兴之绩者，非出自汉人之手，则各省督、抚、府、道之实缺，其不为满人攫尽也几希矣。又使非军兴以来，杂以保举、军功、捐纳，以争各部满司员之权利，则汉人几绝于仕途矣。至于科举清要之选，虽汉人居十之七八，然主事则多额外，翰林刚益清贫，补缺难于登天，开坊类乎超海。不过设法虚縻之，以戢其异心。

又多设各省主考、学政，及州县教官等职，俾以无用之人治无用之事而已。即幸而亿万人中，有竟登至大学士、尚书、侍郎之位者，又皆头白齿落，垂老气尽，分余沥于满人之手。然定例汉人必由翰林出身，始堪大拜，而满人则无论出身如何，均能资兼文武，位兼将相，其中盖有深意存焉。呜呼！我汉人最不平之事，孰有过此哉！虽然，同种待异种，是亦天演之公例也。

然此仅就官制一端而言也。至乃于各行省中，择其人物之骈罗，土产之丰阜，山川之险要者，命将军、都统治之，而汉人不得居其职。又令八旗子弟驻防各省，另为内城以处之，若江宁，若成都，若西安，若福州，若杭州，若广州，若镇江等处，虽阅年二百有奇，而满自满，汉自汉，不相错杂，盖显然有贱族不得等伦于贵族之心。且试绎“驻防”二字之义，犹有大可惊骇者，得毋时时恐汉人之叛我，而羁束之如盗贼乎？不然，何为而防，又何为而驻也？又何为驻而防之也？

满人中有建立功名者，取王公加拾芥，而汉人则大奴隶如曾国藩、左宗棠、李鸿章之伦，残杀数百万同胞，挈东南半壁，奉之满洲，位不过封侯而止。又试读其历朝圣训，遇稍著贤声之一二满大臣，奖借逾恒，真有一德一心之契。两汉人中虽贤如杨名时、李绂、汤斌等之驯静奴隶，亦常招谴责挫辱，不可向迩。其余抑扬高下，拨弄我汉人之处，尤难枚举。

我同胞不见夫彼所谓八旗子弟、宗室人员、红带子、黄带子、贝子、贝勒者乎？甫经成人，即有自然之禄俸，不必别营生计以赡其身家，不必读书向道以充其识力，由少爷而老爷，而大老爷，而大人，而中堂；红顶花翎，贯摇头上，尚书侍郎，殆若天职。反汉人而观之，夫亦可思矣。

中国人群，向分为士、农、工、商。士为四民之首，曰

士子，曰读书人。吾见夫欧美人无不读书，即无人不为士子。中国人乃特而别之曰士子，曰读书人。故吾今亦特言士子，特言读书人。

中国士子者，实奄奄无生气之人也。何也？民之愚，不学而已；士之愚，则学非所学而益愚。而贼满人又多方困之，多方辱之，多方汩之，多方羁之，多方贼之，待其垂老气尽，阉然躯壳，而后鞭策指挥焉。困之者何？困之以八股、试帖、楷折，俾之穷年，不暇为矻矻经世之学。辱之者何？辱之以童试、乡试、会试、殿试（殿试时无坐位，待人如牛马），俾之行同乞丐，不复知人间有羞耻事。汩之者何？汩之以科名利禄，俾之患得患失，不复有仗义敢死之风。羁之者何？羁之以庠序卧碑，俾之柔静愚鲁，不敢有议政著书之举。贼之者何？贼之以威权势力，俾之畏首畏尾，不敢为乡曲豪举、游侠之雄。牵连之狱，开创于顺治（朱国治巡抚江苏，以加钱粮，株连诸生百余人）；文字之狱，滥觞于乾隆（十全老人以一字一语，征诛天下，群臣震恐）。以故海内之士，莘莘济济，鱼鱼雅雅，衣冠俎豆，充儒林，抗议发愤之徒绝迹，慷慨悲咤之声不闻，名为士人，实则死人之不若。《佩文韵府》也，《渊鉴类函》也，《康熙字典》也，此文人学士所视为拱璧连城之大类书也；而不知康熙、乾隆之时代，我汉人犹有仇视满洲人之心思，彼乃集天下名人，名为此三书，以借此销磨我汉人革命复仇之锐志焉（康熙开千叟宴数次，命群臣饮酒赋诗，均为笼络人起见）。噫于嘻！吾言至此，吾不禁投笔废书而叹曰：“朔方健儿好身手，天下英雄入彀中！”好手段！好手段！吾不禁五体投地，顿首稽颡，恭维拜服，满洲人压制汉人、笼络汉人、驱策汉人、抹煞汉人之好手段！好手段！

中国士人，又有一种岸然道貌，根器特异，别树一帜，以号于众者，曰汉学，曰宋学，曰词章，曰名士。汉学者流，寻章摘句，笺注训诂，为《六经》之奴婢，而不敢出其范围。宋学者流，日守其五子、《近思录》等书，高谈其太极、无极、性功之理，以求其身死成名，立于东西庑上一瞰冷猪头。词章者流，立其桐城、阳湖之门户流派，大唱其姹紫嫣红之滥调排腔。名士者流，用其一团和气，二等才情，三斤酒量，四季衣服，五声音律，六品官阶，七言诗句，八面张罗，九流通透，十分应酬之大本领，钻营奔竞，无所不至。

此四种人，日演其种种之活剧，奔走不遑，而满洲人又恐其顿起异心也，乃特设博学鸿词一科，以一网打尽焉。近世又有所谓通达时务者，拓（拓－作摭）腐败报纸之一二语，袭皮毛西政之二三事，求附骥尾于经济特科中，以进为满洲人之奴隶，欲求不得。又有所谓激昂慷慨之士，日日言民族主义，言破坏目的，其言非不痛哭流涕也，然奈痛哭流涕何？悲夫！悲夫！吾揭吾同胞腐败之现象至此，而究其所以至此之原因，吾敢曰：半自为之，半满洲人造之！呜呼！呜呼！刀加吾颈，枪指吾胸，吾敢曰：半自为之，半满洲人造之！

某之言可以尽吾国士人之丑态者，而曰："复试者，几案不具，待国士如囚徒；赐宴而尘饭涂羹，视文人如犬马。簪花之袍，仅存腰幅；棘围之膳，卵作鸭烹。一入官场，即成儿戏。是其于士也，名为恩荣，而实羞辱者，其法不行也。由是士也，髫龄入学，皓首穷经，夸命运、祖宗、风水之灵，

侥房师、主司知音之幸，百折不磨，而得一第，其时大都在强仕之年矣。而自顾余生吃着，犹不沾天位天禄毫末忽厘之施，于此而不鱼肉乡愚，威福梓里，或恤含冤而不包词讼，或顾廉耻而不打抽丰，其何能赡养室家，撑持门户哉！”痛哉斯言！善哉斯言！为中国士人之透物镜，为中国士人之活动大写真（即影戏）。然吾以为处今之日。处今之时，此等丑态，当绝于天壤也。既又闻人群之言曰：“某某入学，某某中举，某某报捐。”发财做官之一片喊声，犹是嚣嚣然于社会上。如是如是，上海之滥野鸡；如是如是，北京之滑兔子；如是如是，中国之腐败士人。

嗟夫！吾非好为此尖酸刻薄之言，以骂尽我同胞，实吾国士人荼毒社会之罪，有不能为之恕。《春秋》责备贤者，我同胞盍醒诸！

今试游于穷乡原野之间，则见夫黧其面目，泥其手足，荷锄垅畔，终日劳劳而无时或息者，是非我同胞之为农者乎？若辈受田主土豪之虐待不足，而满洲人派设官吏，多方刻之，以某官括某地之皮，以某官吸某民之血，若昭信票，摊赔款，其尤著者也。是故一纳赋也，加以火耗，加以钱价，加以库平，一两之税，非五六两不能完，务使之鬻妻典子而后已。而犹美其名曰薄赋，曰轻税，曰皇仁，吾不解薄赋之谓何？轻税之谓何？若皇仁之谓，则是盗贼之用心杀人，而曰救人也。嘻！一国之农为奴隶于贼满人下而不敢动，是非贼满人压制汉人之好手段？呜呼！呜呼！刀加吾颈，枪指吾胸，吾敢曰：贼满人压制汉人之好手段！

不见乎古巴诱贩之猪仔，海外被虐之华工，是又非吾同胞之所谓工者乎？初则见拒于美，继又见拒于檀香山、新金山等处，饥寒交逼，葬身无地，以堂堂中国之民，竟欲比葺发重唇之族而不可得，谁实为之，至此极哉？然吾闻之，外国工人有干涉国政、倡言自由之说，以设立民主为宗旨者；有合全国工人立一大会，定法律以保护工业者；有立会演说，开报馆，倡社会之说者。今一一转询中国有之乎？曰：无有也。又不见乎杀一教士而割地偿款，骂一外人而劳上谕动问？而我同胞置身海外，受外人不忍施之禽兽者之奇辱，则满洲政府殆盲于目、聋于耳者焉。夫头同是圆，足同是方，而一则尊贵如此，一则卑贱如此。呜呼！呜呼！刀加吾颈，枪指吾胸，吾敢曰：满洲人之虐待我！

抑吾又闻之，外国之富商大贾，皆为议员，执政权，而中国则贬之曰末务，卑之曰市井，贱之曰市侩，不得与士大夫伍。乃一旦偿兵费，赔教案，甚至供玩好、养国蠹者，皆莫不取之于商人。若者有捐，若者有税，若者加以洋关而又抽以厘金，若者抽以厘金而又加以洋关。震之以报效国家之名，诱之以虚衔封典之荣，公其词则曰派，美其名则曰劝，实则敲吾同胞之肤，吸吾同胞之髓，以供其养家奴之费，修颐和园之用而已。吾见夫吾同胞之不与之计较也自若。呜呼！呜呼！刀加吾颈，枪指吾胸，吾敢曰：满洲人之敲吾肤，吸吾髓！

以言夫中国之兵，则又有不可忍言者也。每月三金之粮饷，加以九钱七之扣折，与之以朽腐之兵器，位置其一人之身命，驱而使之战，不聚歼其兵而馈饷于敌，夫将焉往？及其死伤也，则委之而去，视为罪所应尔。旌恤之典，尽属虚文，妻子哀望，莫之或问。即或幸而不死，则遣以归农，扶伤裹创，生计乏绝，流落数千里外，沦为乞丐，欲归不得，

而杀游勇之令，又特立严酷。似此残酷之事，从未闻有施之于八旗驻防者。

嗟夫！嗟夫！吾民何辜，受此惨毒？始也欲杀之，终也欲杀之，上薄苍天，下彻黄泉，不杀不尽，不尽不快，不快不止。呜呼！呜呼！刀加吾颈，枪指吾胸，吾敢曰：满洲人之残杀我汉人！

文明国中，有一人横死者，必登新闻数次，甚至数十次不止。司法官审问案件，即得有实凭实据，非犯罪人亲供不能定罪（于审问时，无用刑审问理）。何也？重生命也。吾见夫吾同胞每年中死于贼满人借刀杀人滥酷刑法之下者，不知凡几！贼满人之用苛刑，于中国言之，可丑可痛。天下怨积，内外咨嗟。华人入籍外邦，如避水火；租界必思会审，如御虎狼。乃或援引故事虚文，而顿忘眼前实事。不知今无灭族，何以移亲及疏？今无肉刑，何以毙人杖下？今无拷讯，何以苦打成招？今无滥苛，何以百毒备至？至若监牢之刻，狱吏之惨，犹非笔墨所能形容。即比以九幽十八狱，恐亦有过之无不及，而贼满人方行其农忙停讼、热审减刑之假仁假义以自饰。呜呼！呜呼！刀加吾颈，枪指吾胸，吾敢曰：贼满人之屠戮我！

若夫官吏之贪酷，又非今世界文字语言所得而写拟言论者也，悲夫！

乾隆之圆明园，已化灰烬，不可凭藉。如近日之崇楼杰阁、巍巍高大之颐和园，问其间一瓦一砾，何莫非刻括吾汉人之膏脂，以供一卖淫妇那拉氏之笑傲？夫暴秦无道，作阿房宫，天下后世，尚称其不仁，于圆明园何如？于颐和园何如？我同胞不敢道其恶者，是可知满洲政府专制之极点。

开学堂，则曰无钱矣；派学生，则曰无钱矣；有丝毫利益于汉人之事，莫不曰无钱矣，无钱矣。乃无端而谒陵修陵，则有钱若干；无端而修宫园，则有钱若干；无端而作万寿，则有钱若干。同胞乎！盍思之。

“量中华之物力，结友邦之欢心”，是岂非煌煌上谕之言哉！中国者，中国人之中国也。割我同胞之土地，抢我同胞之财产，以买其一家一姓五百万家奴一日之安逸，此割台湾、胶州之本心，所以感发五中矣。咄咄怪事，我同胞看者！我同胞听者！

吾读《扬州十日记》《嘉定屠城记》，吾读未尽，吾几不知流涕之自出也。吾为言以告我同胞曰：扬州十日，嘉定三屠，是又岂当日贼满人残戮汉人一州一县之代表哉？

夫二书之记事，不过略举一二耳。想当日既纵焚掠之军，又严剃发之令，贼满人铁骑所至，屠杀掳掠，必有十倍于二地者也。有一有名之扬州、嘉定，有千百无名之扬州、嘉定，吾忆之，吾恻动于心，吾不忍而又不能不为同胞告也。

《扬州十日记》有云：“初二日，传府道州县已置官吏，执安民牌，遍谕百姓，毋得惊惧。又谕各寺院僧人，焚化积尸，而寺院中藏匿妇女，亦复不少，亦有惊饿死者。查焚尸载簿，不过八日，共八十余万，其落井投河，闭门焚缢者不与焉。”

吾又为言以告我同胞曰：贼满人入关之时，被贼满人屠杀者，是非我高曾祖之高曾祖乎？是非吾高曾祖之高曾祖之伯叔兄舅乎？被贼满人奸淫者，是非吾高曾祖之高曾祖之妻、之女、之姊妹乎？（《扬州十日记》云：“卒常谓人曰：‘我辈

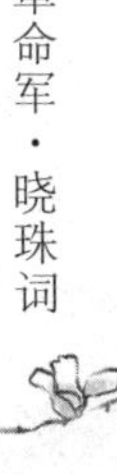

征高丽，掳妇女数万人，无一失节者。何堂堂中国，无耻至此！’”读此言可知当日好淫之至极。

记曰：“父兄之仇，不共戴天。”此三尺童子所知之义。故子不能为父兄报仇，以托诸其子。子以托诸孙，孙又以托诸玄来礽。是高曾祖之仇，即吾今父兄之仇也。父兄之仇不报，而犹厚颜以事仇人；日日言孝弟，吾不知孝弟之果何在也？高、曾、祖若有灵，必当不瞑目于九原。

中国之有孔子，无人不尊崇为大圣人也。曲阜孔子庙，又人人知为礼乐之邦，教化之地，拜拟不置，如耶稣之耶路撒冷也。乃贼满人割胶州于德，而请德人侮毁我尧、舜、禹、汤、文、武、周公遗教之地，生民未有、神圣不可侵犯之孔子之乡，使神州四万万众，无教化而等伦于野蛮。是谁之罪欤？夫耶稣教新旧相争，犹不惜流血数百万人，我中国人何如？

一般服从之奴隶，有上尊号，崇谥法，尊谥为圣祖仁皇帝、高宗纯皇帝者，故在黑暗之时代，所号为令主贤君。及观《南巡录》所纪，实则淫掳无赖，鸟兽洪水，泛滥中国。（乾隆欲食黄角峰，让张家口递至扬州，三日而至，于此可见其奢侈。）嗟夫！竭数省之民力，以供觉罗玄烨（即康熙）、觉罗弘历（即乾隆）二民贼之行止，方之隋炀、明武为比例差，吾不知其相去几何？吾曾读《隋炀艳史》，吾安得其人，再著一康熙、乾隆南游史，揭其禽兽之行，暴著天下？某氏以法王路易十四比乾隆，吾又不禁拍手不已，喜得其酷肖之神也。

主人之转卖其奴也，尚问其愿不愿，今以我之土地送人，并不问之，而私相授受；我同胞亦不与之计之较之，反任之听之。若台湾，若香港，若大连湾，若旅顺，若胶州，若广州湾，于未割让之先，于既割让之后，从未闻有一纸公文，布告天下。我同胞其自认为奴乎？吾不得而知之。此满洲人大忠臣荣禄所以有“与其授家奴，不如赠邻友”之言也。

牧人之畜牛马也，牛马何以受治于人？必曰：“人为万物之灵，天下只有人治牛马之理。”今我同胞，受治于贼满人之胯下，是即牛马之受治于牧人也。我同胞虽欲不自认为牛马，而彼实以牛马视吾。何以言之？有证在。今各府州县，苟有催租劝捐之告示出，必有“受朝廷数百年豢养深恩，力图报效”等语，煌煌然大贴于十字街衢之上，此识字者所知也。夫曰“豢养”也，即“畜牧”之谓也。吾同胞自食其力也，彼满洲人抢吾之财，攘吾之土，不自认为贼，而犹以牛马视吾。同胞乎！抑自居乎？抑不自居乎？

满洲人又有言曰：“二百年食毛践土，深仁厚泽，浃髓沦肌。”中国者，中国人之中国也，非贼满人所得而固有也。夫谁食谁之毛？谁践谁之土？不待辨别而自知。贼满人之为此言也，抑反言欤？抑实谓欤？请我同胞自道之。贼满人入关二百六十年，食吾同胞之毛，践吾同胞之土。吾同胞之深仁厚泽，沦其髓，浃其肌。吾同胞小便后，满洲人为我吸余尿，吾同胞大便后，满洲人为我舐余粪，犹不足以报我豢养深恩于万一。此言也，不出于我同胞之口，而反出诸于满洲人之口，丧心病狂，至于此极耶？

山海关外之一片地曰满州，曰黑龙江，曰吉林，曰盛京，是非贼满人所谓发祥之地，游牧之地乎？贼满人固当竭力保守者也？今乃顿首再拜奉献于俄罗斯。有人焉，己不能自保，

而犹望其保人，其可得乎？有人焉，不爱惜己之物，而犹望其爱惜人之物，其又可得乎？

拖辫发，著胡服，踯躅而行于伦敦之市，行人莫不曰：Pig tail（译言猪尾）、Savage（译言野蛮）者，何为哉？又踯躅而行于东京之市，行人莫不曰チヤンチヤンボツ（译曰拖尾奴才）者，何为哉？嗟夫！汉官威仪，扫地殆尽；唐制衣冠，荡然无存。吾抚吾所衣之衣，所顶之发，吾恻痛于心。吾见迎春时之春官衣饰，吾恻痛于心；吾见出殡时之孝子衣饰，吾恻痛于心；吾见官吏出行时，荷刀之红绿衣，喝道之皂隶，吾恻痛于心。辫发乎，胡服乎，开气袍乎，花翎乎，红顶乎，朝珠乎，为我中国文物之冠裳乎？抑打牲游牧贼满人之恶衣服乎？我同胞自认！

贼满人入关所下剃头之令，其略曰：

> 向来剃头之制不急，姑听自便者，欲俟天下大定，始行此事。联已筹之熟矣。君犹父也，臣犹子也，父子一体，岂可违异。若不归一，不几为异国人乎？自今布告之后，京城限旬日，直隶各省地方，自部文到日，并限旬日，尽行剃头。若惜发争辩，决不轻贷。

呜呼！此固我是汉人种，为牛为马，为奴为隶，抛汉唐之衣冠，去父母之发肤，以服从满洲人之一大纪念碑也。同胞！同胞！吾愿我同胞日日一读之！

娼妓之于人也，人尽可以为夫，皆为博缠头计也。我之为贼满人顺民，贼满人臣妾，从未见益我以多金。即有人其利禄诱导之中，登至尚书、总督之位，要皆以同胞括蚀同胞，而贼满人仍一毛不拔自若也。呜呼！我同胞何娼妓之不若！

吾同胞今日之所谓朝廷、所谓政府、所谓皇帝者，即吾畴昔之所谓曰夷、曰蛮、曰戎、曰狄、曰匈奴、曰鞑靼；其部落居于山海关之外，本与我黄帝神明之子孙不同种族者也。其土则秽壤，其人则膻种，其心则兽心，其俗则毳俗；其文字不与我同，其语言不与我同，其衣服不与我同。逞其凶残淫杀之威，乘我中国流寇之乱，闯入中原，盘踞上方，驱策汉人，以坐食其福。故祸至则汉人受之，福至则满人享之。太平天国之立（一作亡）也，以汉攻汉，山尸海血，所保者满人。甲午战争之起也，以汉攻倭，偿款二百兆，割地一行省，所保者满人。“团匪”之乱也，以汉攻洋，流血京、津，所保者满人。故今日强也，亦满人强耳，于我汉人无与焉。故今日富也，亦满人富耳，于我汉人无与焉。同胞！同胞！毋引为己类！贼满人刚毅之言曰：“汉人强，满人亡。”彼族之明此理久矣，愿我同胞当蹈其言，毋食其言。

以言夫满洲人之对待我者固如此，以言夫我同胞之受害也又如彼。同胞！同胞！知所感乎？知所择乎？夫犬羊啮骨，犹嫌鲠喉，我同胞受此种种不平之感，殆有若铜驼石马者焉。然而贼满人之奴隶我者，尚不止此。吾心之所欲言者，而口不能达之，口之所能言者，而笔不能宣之。吾今发一誓言以告人曰：有举满人对待我同胞之问题以难于吾者，吾能杂搜博引，细说详辩，揭其隐衷微意，以著于天下。吾但愿我身化为恒河沙数，——一身中出——一舌，——一舌中发——一音，以演说贼满人驱策我、屠杀我、奸淫我、笼络我、虐

待我之惨状于我同胞前。吾但愿我身化为无量恒河沙数名优巨伶，以演出贼满人驱策我、屠杀我、奸淫我、笼络我、虐待我之活剧于我同胞前。

且夫我中国固具有囊括宇内，震耀全球，抚视万国，凌轹五洲之资格者也。有二千万方里之土地，有四百兆灵明之国民，有五千余年之历史，有二帝三王之政治。且也地处温带，人性聪明，物产丰饶，江河源富，地球各国所无者，我中国独擅其有。倘使不受努尔哈齐、皇太极、福临诸恶贼之蹂躏，早脱满洲人之羁缚，吾恐英吉利也，俄罗斯也，德意志也，法兰西也，今日之张牙舞爪以蚕食瓜分于我者，亦将迸气敛息，以惮我之威权，惕我之势力。吾恐印度也，波兰也，埃及也，土耳其也，亡之灭之者，不在英、俄诸国，而在我中国，亦题中应有之目耳。今乃不出于此，而为地球上数重之奴隶，使不得等伦于印度红巾（上海用印度人为巡捕）、非洲黑奴。吁！可惨也！夫亦大可丑也！夫亦大可耻也！呜呼！“灭六国者，六国也，非秦也；族秦者，秦也，非天下也。”满洲人亡我乎？抑我自亡乎？古人曰：“往者不可谏。来者犹可追。”昨日之中国，譬犹昨日死；今日之中国，譬犹今日生。过此以往，其光复中国乎？其为数重奴隶乎？天下事不兴则亡，不进则退，不自立则自杀；徘徊中立，万无能存于世界之理。我同胞速择焉！

我同胞处今之世，立今之日，内受满洲之压制，外受列国之驱迫，内患外侮，两相刺激，十年灭国，百年灭种，其信然夫！然达人有言曰：“欲御外侮，先清内患。”如是如是，则贼满人为我同胞之公敌，为我同胞之公仇，二百六十余年之奴隶犹能脱，数十年之奴隶勿论已！吾今与同胞约曰：张九世复仇之义，作十年血战之期，磨吾刃，建吾旗，各出其九死一生之魄力，以驱除凌辱我之贼满人，压制我之贼满人，屠杀我之贼满人，奸淫我之贼满人，以恢复我声明文物之祖国，以收回我天赋之权利，以挽回我有生以来之自由，以购取人人平等之幸福。

噫吁嘻！我中国其革命！我中国其革命！法人三次，美洲七年，是故中国革命亦革命，不革命亦革命。吾愿日日执鞭以从我同胞革命，吾祝我同胞革命！

“忍令上国衣冠沦于夷狄，相率中原豪杰还我河山。”我同胞其有是志也夫！

第三章　革命之教育

有野蛮之革命，有文明之革命。

野蛮之革命，有破坏，无建设，横暴恣狙，适足以造成恐怖之时代。如庚子之义和团，意大利之加波拿里，为国民增祸乱。

文明之革命，有破坏，有建设，为建设而破坏，为国民购自由平等、独立自主之一切权利，为国民增幸福。

革命者，国民之天职也；其根柢源于国民，因于国民，而非一二人所得而私有也。

今试问吾侪何为而革命？必有障碍吾国民天赋权利之恶魔焉，吾侪得而扫除之，以复我天赋之权利。是则革命者，除祸害而求幸福者也。为除祸害而求幸福，此吾同胞所当顶礼膜拜者也。为除祸害而求幸福，则是为文明之革命，此更吾同胞所当顶礼膜拜者也。

欲大建设，必先破坏；欲大破坏，必先建设。此千古不易之定论。吾侪今日所行之革命，为建设而破坏之革命也。

虽然，欲行破坏，必先有以建设之。善夫！意大利建国豪杰玛志尼之言曰："革命与教育并行。"吾于是鸣于我同胞曰："革命之教育。"更译之曰："革命之前，须有教育；革命之后，须有教育。"

今日之中国，实无教育之中国也。吾不忍执社会上种种可丑、可贱、可嫌之状态，以出于笔下。吾但谥之曰："五官不具，四肢不全，人格不完。"吾闻法国未革命以前，其教育与邻邦等；美国未革命以前，其教育与英人等。此兴国之往迹，为中国所未梦见也。吾闻印度之亡也，其无教育与中国等；犹太之灭也，其无教育与中国等。此亡国之往迹，我中国擅其有也。不宁惟是，十三洲之独立，德意志之联邦，意大利之统一，试读其革命时代之历史，所以鼓舞民气，宣战君主，推倒母国，诛杀贵族，倡言自由，力尊自治，内修战事，外抗强邻。上自议院宪法，下至地方制度，往往于兵连祸结之时，举国糜烂之日，建立宏猷，体国经野，以为人极。一时所谓革命之健儿，建国之豪杰，流血之巨子，其道德，其智识，其学术，均有振衣昆仑顶、濯足太平洋之概焉。吾崇拜之，吾倾慕之，吾究其所以致此之原因，要不外乎教育耳。

若华盛顿，若拿破仑，此地球人种所推尊为大豪杰者也。然一华盛顿、一拿破仑倡之，而无百千万亿兆华盛顿、拿破仑和之，一华盛顿何如？一拿破仑何如？其有愈于华、拿二人之才、之识、之学者又何如？有有名之英雄，有无名之英雄，华、拿者，不过其时抛头颅，溅热血，无名无量之华、拿之代表耳。今日之中国，固非一华盛顿、一拿破仑所克有济也，然必预制造无量无名之华盛顿、拿破仑，其庶乎有济。

吾见有爱国忧时之志士，平居深念自尊为华、拿者，若而人其才识之愈于华、拿与否，吾不敢知之，吾但以有名之英雄尊之。而此无量无名之英雄，则归诸冥冥之中，甲以尊诸乙，乙又以尊诸丙。呜呼！不能得其主名者也。今专标斯义，相约数事，以与我同胞共勉之。

一、当知中国者，中国人之中国也。中国之一块土，为我始祖黄帝所遗传，子子孙孙，绵绵延延，生于斯，长于斯，衣食于斯，当共守其勿替。有异种贱族，染指于我中国，侵占我皇汉民族之一切权利者，吾同胞当不惜生命共逐之，以复我权利。

一、人人当知平等自由之大义。有生之初，无人不自由，即无人不平等，初无所谓君也，所谓臣也。若尧舜，若禹稷，其能尽义务于同胞，开莫大之利益，以孝敬于同胞，故吾同胞视之为代表，尊之为君，实不过一团体之头领耳，而平等自由也自若。

后世之人，不知此义，一任无数之民贼独夫、大寇巨盗，举众人所有而独有之，以为一家一姓之私产，而自尊曰君，曰皇帝，使天下之人无一平等，无一自由，甚至使成吉思汗、觉罗福临等，以游牧贱族，入主我中国，以羞我始祖黄帝于九原。故我同胞今日之革命，当共逐君临我之异种，杀尽专制我之君主，以复我天赋之人权，以立于性天智日之下，以与我同胞熙熙攘攘，游幸于平等自由城郭之中。

一、当有政治法律之观念。政治者，一国办事之总机关也，非一二人所得有之事也。譬如机器，各机之能运动，要在一总枢纽；倘使余机有损，则枢纽不灵。人民之于政治，亦犹是也。然人民无政治上之观念，则灭亡随之，鉴于印度，鉴于波兰，鉴于已亡之国，罔不然。法律者，所以范围我同胞，使之无过失耳。昔有曰："野蛮人无自由。"野蛮人何以无自由？无法律之谓耳。我能杀人，人亦能杀我，是两不自由也。条顿人之自治力，驾于他种人者何？有法律之观念故耳。

由斯三义，更生四种：

一曰养成上天下地，惟我自尊，独立不羁之精神。

一曰养成冒险进取，赴汤蹈火，乐死不辟之气概。

一曰养成相亲相爱，爱群敬己，尽瘁义务之公德。

一曰养成个人自治，团体自治，以进人格之人群。

第四章　革命必剖清人种

地球之有黄白二种，乃天予之以聪明才武、两不相下之本质，使之发扬蹈厉，交战于天演界中，为亘古角力较智之大市场，即为终古物竞进化之大舞台。夫人之爱其种也，其内必有所结，而后外有所排。故始焉自结其家族，以排他家族；继焉自结其乡族，以排他乡族；继焉自结其部族，以排他部族；终焉自结其国族，以排他国族。此世界人种之公理，抑亦人种发生历史之大原因也。吾黄种，吾黄种之中国之皇汉人种，吾就东洋历史上能相结相排之人种，为我同胞述之，使有所观感焉。

亚细亚黄色人种，约别为二种：曰中国人种，曰西伯利亚人种。

中国人种，蔓延于中国本部、西藏及后印度一带地方，更详别为三种：

第一、汉族。汉族者，东洋史上最特色之人种，即吾同胞是也。据中国本部，栖息黄河沿岸，而次第蕃殖于四方。

自古司东亚文化之木铎者，实惟我皇汉民族焉。朝鲜、日本，亦为我汉族所蕃殖。

第二、西藏族。自西藏蔓延克什米尔、泥八剌及缅甸一带地方。殷周时之氐羌，秦汉时之月氏，唐之吐蕃，南宋之西夏等，皆属此族。

第三、交趾支那族。自支那西南部（即云南、贵州诸省），而蔓延于安南、暹罗等国，此族在古代似占据中国本部，而为汉族所渐次驱逐者。周以前之苗民、荆蛮，唐之南诏，盖属此族。

西伯利亚人种，自东方亚细亚北部，蕃殖北方亚细亚一带，今更详别之，凡四族。

第四、蒙古族。原蕃殖于西伯利亚之贝加尔湖东边一带，其后次第南下，今日乃自内外蒙古蔓延天山北路一带地方。元朝由此族而起，将统一欧亚。印度之莫卧尔帝国亦由此起。

第五、通古斯族。自朝鲜北部，经满洲而蔓延于黑龙江附近地。秦汉时之东胡，汉以后之鲜卑，隋唐时之靺鞨，唐末之契丹，宋之女真等，皆属此族。今日入主我中国之满洲人，亦由此族而兴焉。

第六、土耳其族。原蕃殖于内外蒙古地，后渐西移。今日则自天山南路，凡中央亚细亚一带地方，多为此族占据。周以前之獯鬻、猃狁，汉之匈奴，南北朝之柔然，隋之突厥，唐之回纥等，皆属此族。今东欧之土耳其，亦此族所建。

今就今日人种之能成立者，列表如下：

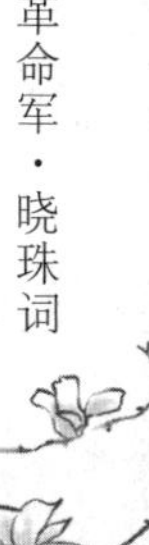

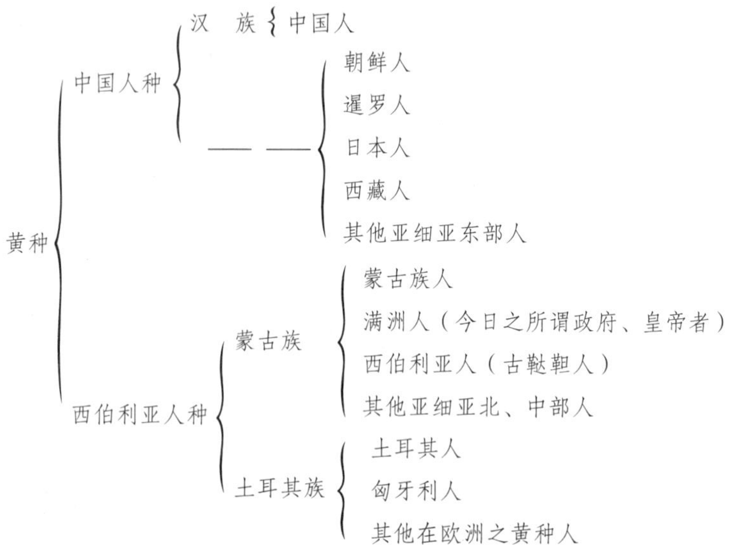

由是以观，我皇汉民族起自黄河东北一带之地，经历星霜，四方繁衍，秦汉之世，已布满中国之全面，以中国本部为生息之乡。降及今日，人口充溢四万万，为地球绝大蕃多、无有伦比之民族。其流出万里长城以外、青海、西藏之地者，达一千馀万之多。更进而越日本之境，或侵入北方黑龙江之左岸俄界，或达南方进入安南、交趾、柬蒲塞、暹罗、缅甸、马来半岛，更入太平洋，侵入布哇、美洲合众国、加拿大、秘露、伯拉。逾南洋，侵入吕宋、爪哇、浡泥，及澳洲、欧洲者，亦不下三四百万。无资力者，孜孜励精，以劳力压倒、凌驾他国人民。有资力者，拥数十百万之资本，与欧美之富商大贾，争胜败于商场中而不相下。我汉族之富于扩张种族之势力者有如此。即以二十世纪世界之主人翁推尊我汉族，吁！亦非河汉之言也。

呜呼！我汉种，是岂飞扬祖国之汉种，是岂独立亚细亚大陆上之汉种，是岂为伟大国民之汉种。呜呼汉种！汉种虽众，适足为他种人之奴隶；汉地虽广，适足供他种人之栖息。汉种！汉种！不过为满洲人恭顺忠义之臣民。汉种！汉种！又由满洲人介绍为欧美各国人之奴隶。吾宁使汉种亡尽，杀尽，死尽，而不愿其享升平盛世，歌舞河山，优游于满洲人之胯下。吾宁使汉种亡尽，杀尽，死尽，而不愿其为洪承畴，为细崽，为通事，为买办，为翻译，于地球各国人之下。吾悲汉种，吾先以种族之念觉汉种。

执一人而谓之曰："汝亡父，非真汝父也，为汝父者，某某也。"其人莫不立起而怒，以诘其直而后已。又一家人，父子、夫妇、兄弟相居无事也，忽焉来一强暴，入其室，据其财产，又奴其全家人，则其家人莫不奋力死斗，以争回原产而后已。夫语人有二父而不怒，夺人之家产而不争，是其人不行尸走肉，即僵尸残骸。吾特怪吾同胞，以一人所不能忍受之事，举国人忍受之；以一家所不能忍受之事，举族忍受之。悲夫！

满洲人入关，称大清朝顺民；联军破北京，称某某国顺民。香港人立维多利亚纪念碑，曰"德配天地"；台湾人颂明治天皇功德，曰"德广皇仁"。前之为大金、大元、大辽、大清朝之顺民既去矣，今之为大英、大法、大俄、大美国之顺民者又来。此无他，不明于同种异种之观念，而男盗女娼、羞祖辱宗之事，亦何不可为！

吾正告我同胞曰：昔之《禹贡》九州，今日之十八省，是非我皇汉民族嫡亲同胞生于斯，长于斯，聚国族于斯之地乎？黄帝之子孙，神明之胄裔，是非我皇汉民族嫡亲同胞之

名誉乎？中国华夏，蛮夷戎狄，是非我皇汉民族嫡亲同胞区分人种之大经乎？满洲人与我不通婚姻，我犹是清清白白黄帝之子孙也。夫人之于家庭，则莫不相亲相爱，对异姓则不然，有感情故耳。我同胞岂忍见此莫大之奇辱，而无一毫感情动于中耶？爱尔兰隶于英，以人种稍异，故数与英人争，卒得其自治而后已。谚曰："非我族类，其心必异。"又曰："狼子野心，是乃狼也。"我同胞其三复斯言！我同胞其有志跳身大海洋中，涌大海洋之水，以洗洁我同胞羞祖辱宗、男盗女娼之大耻大辱乎？

第五章　革命必先去奴隶之根性

曰国民，曰奴隶。国民强，奴隶亡；国民独立，奴隶服从。中国黄龙旗之下，有一种若国民非国民，若奴隶非奴隶，杂糅不一，以组织成一大种。谓其为国民乎？吾敢谓群四万万人而居者，即具有完全之奴颜妾面，国民乎何有？尊之以国民，其污秽此优美之名词也孰甚？若然，则以奴隶畀之，吾敢拍手叫绝曰：奴隶者，为中国人不雷同、不普通、独一无二之徽号。

印度之奴隶于英也，英非人欲奴隶之，印人自乐为奴隶也。安南之奴隶于法也，非法奴隶之，安南人自乐为奴隶也。我中国人之奴隶于满洲、欧美人也，非满洲、欧美欲奴隶之，中国人自乐为奴隶耳。乐为奴隶，则请释奴隶之例。

“奴隶”者，与“国民”相对待而不耻于人类之贱称也。国民者，有自治之才力，有独立之性质，有参政之公权，有自由之幸福，无论所执何业，而皆得为完全无缺之人。曰奴隶也，则既无自治之力，亦无独立之心，举凡饮食、男女、

衣服、居处，莫不待命于主人；而天赋之人权，应享之幸福，亦莫不奉之主人之手。衣主人之衣，食主人之食，言主人之言，事主人之事，倚赖之外无思想，服从之外无性质，谄媚之外无笑语，奔走之外无事业，伺候之外无精神。呼之不敢不来，麾之不敢不去；命之生不敢不生，命之死不敢不死。得主人之一盼，博主人之一笑，如获异宝、登天堂，夸耀于侪辈以为荣。及婴主人之怒，则俯首屈膝，气下股栗，至极其鞭扑践踏，不敢有分毫抵忤之色，不敢生分毫愤奋之心，他人视为大耻辱，不能一刻忍受，而彼无怒色、无忤容，怡然安其本分，乃几不复自知为人。而其人亦为国人所贱耻，别为异类，视为贱种，妻耻以为夫，父耻以为子，弟耻以为兄，严而逐之于平民之外，此固天下奴隶之公同性质；而天下之视奴隶者，即无不同此贱视者也。我中国人固擅奴隶之所长，父以教子，兄以勉弟，妻以谏夫，日日演其惯为奴隶之手段。呜呼！人何幸而为奴隶哉！亦何不幸而为奴隶哉！

且夫我中国人之乐为奴隶，不自今日始也。或谓秦汉以前有国民，秦汉以后无国民。吾谓宴息于专制政体之下者，无所往而非奴隶。数千年来，名公巨卿，老师大儒，所以垂教万世之二大义，曰忠，曰孝。更释之曰："忠于君，孝于亲。"吾不解忠君之谓何？

吾见夫法、美等国之无君可忠也，而斯民遂不得等伦于人类耶？吾见夫法、美等国之无君可忠，而其国人尽瘁国事之义务，殆一日不可缺焉。夫忠也，孝也，是固人生重大之美德也。以言夫忠于国也则可，以言夫忠于君也则不可。何也？人非父母无以自生，非国无以自存，故对于父母、国家，自有应尽之义务焉，而非为一姓一家之家奴、走狗者，所得冒其名以相传习也。

中国人无历史，中国之所谓二十四朝之史，实一部大奴隶史也。自汉末以迄今日，凡一千七百余年，中国全土为奴隶于异种者，三百五十八年。黄河以北为奴隶于异种者，七百五十九年。呜呼！黄帝之子孙，忍令率其嫡亲之同胞，举其世袭之土地，为他族所奴隶者，何屡见而不一？“箪食壶浆，以迎王师”；“纡青拖紫，臣妾骄人”；“二圣青衣行酒会，九哥白马渡江来”。忠君、忠君，此张宏范、洪承畴之所以前后辉映也，此中国人之所以为奴隶也。

曾国藩也，左宗棠也，李鸿章也，此大清朝皇帝所谥为文正、文襄、文忠者也，此当道名人所推尊为中兴三杰，此庸夫俗子所羡为封侯拜相，此科举后生所悬拟崇拜不置者。然吾闻德相毕士麻克呵李鸿章曰：“我欧洲人以平异种为功，未闻以残戮同胞为功。”嗟乎！吾安得起曾、左而闻是言！吾安得起曾、左以前之曾、左而共闻是言？吾安得起曾、左以后之曾、左——上自独当一面之官府，下至不足轻重之官吏，而亦共闻是言！夫曾、左、李三人者，亦自谓为读书有得、比肩贤哲之人也，而犹忍心害理，屠戮同胞，为满洲人忠顺之奴隶也如是，其他何足论！吾无以比之，比之以李自成、张献忠，吾犹嫌其不肖。李、张之所以屠戮同胞，而使满洲人入主中国也，李、张因无学识，不读书，又为明之敝政所迫，而使之不得不然，吾犹为之恕。曾、左、李三人者，明明白白知为汉种也，为封妻荫子，屠戮同胞以请满洲人再主中国也，吾百解而不能为之恕。

某氏谓英人助满洲平太平天国，亡汉种之罪，英人与有

力焉。呜呼！是又因乌及屋之微意也。

曾、左、李者，中国人为奴隶之代表也。曾、左、李去，曾、左、李来，柔顺也，安分也，韬晦也，服从也，做官也，发财也，中国人造奴隶之教科书也。举一国之人，无一不为奴隶；举一国之人，无一不为奴隶之奴隶。二千年以前皆奴隶，二千年以后亦必为奴隶。同胞乎！同胞乎！法国议院中，无安南人足迹；英国议院中，无印度人足迹；日本议院中，无台湾人足迹。印度人之为奴隶也，犹得绕红布头巾为巡捕，立于上海、香港之十字街头上，驱策中国人以为乐。然吾试问我同胞，曾否于地球面积上，择一为巡捕之地，驱策异种人以为乐？面包一块，山芋一碟，此固非洲黑奴之旧生活也。同胞！同胞！其重思之！

吾先以一言叫起我同胞，曰：国民！吾愿我同胞，万众一心，肢体努力，以砥以砺，拔去奴隶之根性，以进为中国之国民。法人革命前之奴隶，卒收革命之成功。美洲独立前之奴隶，卒脱英人之制缚。此无他，能自认为国民耳。吾故曰：革命必先去奴隶之根性。非然者，天演如是，物竞如是，有国民之国，群起染指于我中士，我同胞其将由今日之奴隶，以进为数重奴隶，由数重奴隶而猿猴，而野豕，而蚌介，而荒荒大陆、绝无人烟之沙漠也。

近人有乐府一首，名《奴才好》云：

奴才好！奴才好！勿管内政与外交，大家鼓里且睡觉。古人有句常言道，臣当忠，子当孝，大家切勿胡乱闹。满洲入关二百年，我的奴才做惯了。他的江山他的财，他要分人听他好。转瞬洋人来，依旧要奴才。他开矿产我做工，他开洋行我细崽。他要招兵我去当，他要通事我也会。内地还有甲必丹，收赋治狱荣巍巍。满奴作了作洋奴，奴性相传入脑胚。父诏兄勉说忠孝，此是忠孝他莫为。什么流血与革命，什么自由与均财？狂悖都能害性命，倔强那肯就范围。我辈奴仆当戒之，福泽所关慎所归。大金、大元、大清朝，主人国号已屡改；何况大英、大法、大美国，换个国号任便戴。

奴才好！奴才乐！世有强者我便服。三分刁黠九分媚，世事何者为龌龊？料理乾坤世有人，坐阅风云多反复。灭种覆族事遥遥，此事解人已难索。堪笑维新诸少年，甘赴汤火蹈鼎镬。达官震怒外人愁，身死名败相继仆。但识争回自主权，岂知已非求己学。奴才好！奴才好！奴才到处皆为家，何必保种与保国！

第六章　革命独立之大义

与贵族重大之权利，害人民营业之生活，擅加租赋，胁征公债，重抽航税，此英国议院所以不服查理王而倡革命之原因也。滥用名器，致贵贱贫富之格大相悬殊，既失保民之道，而又赋敛无度，此法国志士仁人所以不辞暴举逆乱之名，而出于革命之原因也。重征茶课，横加印税，不待立法院之承允而驻兵民间，此美人所以抗论于英人之前，遂以亚美利加之义旗，飘扬于般岌刺山，而大倡革命，至成独立之原因也。吾不惜再三重申详言曰："内为满洲人之奴隶，受满洲人之暴虐，外受列国人之刺激，为数重之奴隶，将有亡种殄种之难者，此吾黄帝神明之汉种，今日倡革命独立之原因也。"

自格致学日明，而天予神授为皇帝之邪说可灭。自世界文明日开，而专制政体一人奄有天下之制可倒。自人智日聪明，而人人皆得有天赋之权利可享。今日，今日，我皇汉人民，永脱满洲之羁绊，尽复所失之权利，而介于地球强国之间，盖欲全我天赋平等自由之位置，不得不革命而保我独立之权。嗟予小子，无学顽陋，不足以言革命独立之大义，兢兢业业，谨模拟美国革命独立之义，约为数事，再拜顿首，敬献于我最敬最亲爱之皇汉人种四万万同胞前，以备采行焉如下：

一、中国为中国人之中国，我同胞皆须自认自己的汉种中国人之中国。

一、不许异种人沾染我中国丝毫权利。

一、所有服从满洲人之义务一律取消。

一、先推倒满洲人所立北京之野蛮政府。

一、驱逐住居中国中之满洲人，或杀以报仇。

一、诛杀满洲人所立之皇帝，以儆万世不复有专制之君主。

一、对敌干预我中国革命独立之外国及本国人。

一、建立中央政府，为全国办事之总机关。

一、区分省分，于各省中投票公举一总议员。由各省总议员中，投票公举一人为暂行大总统，为全国之代表人；又举一人为副总统，各府、县、州又举议员若干。

一、全国无论男女，皆为国民。

一、全国男子有军国民之义务。

一、人人有承担国税之义务。

一、人人当致忠于此所新建国家之义务。

一、凡为国人，男女一律平等，无上下贵贱之分。

一、各人不可夺之权利，皆由天授。

一、生命自由及一切利益之事，皆属天赋之权利。

一、不得侵人自由，如言论、思想、出版等事。

一、各人权利必需保护。须经人民公许，建设政府，而

各假以权，专掌保护人民权利之事。

一、无论何时，政府所为，有干犯人民权利之事，人民即可革命，推倒旧日之政府，而求遂其安全康乐之心。迨其既得安全康乐之后，经承公议，整顿权利，更立新政府，亦为人民应有之权利。若建立政府之后，少有不洽众望，即欲群起革命，朝更夕改，如奕棋之不定，固非新建国家之道。天下事不能无弊，要能以平和为贵，使其弊不致大害人民，则与其颠覆昔日之政府，而求伸其权利，毋宁平和之为愈。然政府之中，日持其弊端暴政，相继施行，举一国人民，悉措诸专制政体之下，则人民起而颠覆之，更立新政府，以求遂其保全权利之心，岂非人民至大之权利，且为人民自重之义务哉？我中国人之忍苦受困，已至是而极矣！今既革命独立，而犹为专制政体所苦，则万万不得甘心者矣！此所以不得不变昔日之政体也。

一、定名中华共和国（清为一朝之名号，支那为外人呼我之词）。

一、中华共和国为自由独立之国。

一、自由独立国中，所有宣战、议和、订盟、通商及独立国一切应为之事，俱有十分权利与各大国平等。

一、立宪法，悉照美国宪法，参照中国性质立定。

一、自治之法律，悉照美国自治法律。

一、凡关全体个人之事，及交涉之事，及设官分职、国家上之事，悉准美国办理。

皇天后土，实共鉴之！

第七章　结论

我皇汉民族四万万男女同胞，老年、晚年、中年、壮年、少年、幼年，其革命，其以此革命为人人应有之义务，其以此革命为日日不缺之饮食。尔毋自暴！尔毋自弃！尔之土地，占亚洲三分之二；尔之同胞，有地球五分之一。尔之茶，供世界亿万众之饮料而有余；尔之煤，供全世界二千年之燃料亦无不足。尔有黄祸之先兆，尔有神族之势力。尔有政治，尔自司之；尔有法律，尔自守之；尔有实业，尔自理之；尔有军备，尔自整之；尔有土地，尔自保之；尔有无穷无尽之富源，尔须自挥用之；尔实具有完全不缺的革命独立之资格，尔其率四万万同胞之国民，为同胞请命，为祖国请命！掷尔头颅，暴尔肝脑，与尔之世仇满洲人，与尔之公敌爱新觉罗氏相驰骋于枪林弹雨中，然后再扫荡干涉尔主权之外来恶魔，则尔国历史之污点可洗，尔祖国之名誉飞扬。尔之独立旗，已高标于云霄；尔之自由钟，已哄哄于禹城；尔之独立厅，已雄镇于中央；尔之纪念碑，已高耸于高冈；尔之自由

神，已左手指天，右手指地，为尔而出现。嗟夫！天清地白，霹雳一声，惊数千年之睡狮而起舞，是在革命，是在独立。

皇汉人种革命独立万岁！

中华共和国万岁！

中华共和国四万万同胞的自由万岁！

晓珠词

卷一

清平乐

冷红吟遍，梦绕芙蓉苑。银汉恹恹清更浅，风动云华微卷。

水边处处珠帘，月明时按歌弦。不是一声孤雁，秋声哪到人间。

生查子

清明烟雨浓，上巳莺花好。游侣渐凋零，追忆成烦恼。

当年拾翠时，共说春光早。六幅画罗裙，拂遍江南草。

如梦令

夜久蜡堆红泪，渐觉新寒侵被。冷雨更凄风，又是去年滋味。无寐，无寐，画角南楼吹未。

南乡子

雨过涨留痕，新水如云绿到门。几处小桃开泛了，前村，寒食东风别有春。

重读断碑文，宿草多封旧雨坟。蝴蝶一双飞更去，春魂，知是谁家坏绿裙。

齐天乐

半空风簸秋声碎，凄凉暗传砧杵。翠竹惊寒，琼莲坠粉，秋也如春难驻。商音几许？渐爽入西楼，惹人愁苦。霜冷吴天，断鸿吹影过庭户。

年华荏苒又晚，和哀蝉病蝶，揉尽芳绪。往事回潮，残灯吊梦，几度兜衾听雨。伶俜倦旅，只日暮江皋，搴芙延伫。尘涴征衫，旧痕凝碧唾。

前调（荷叶）

横塘未到花时节，暗香已先浮动。绀袂飘烟，绿房迎晓，旖旎风光谁共？田田满种。正雨过如珠，翠盘轻捧。鸳侣同盟，相逢倾盖倍情重。

芳心深卷不展，问闲愁几许？缄紧无缝。越女开奁，秦宫启镜，扰扰云鬟堆拥。新凉乍送，看万绿无声，一鸥成梦。惆怅秋来，水天残影弄。

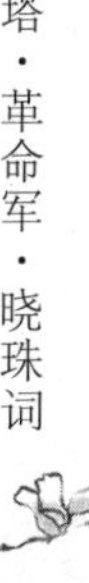

前调

——《寒庐茗话图》为袁寒云题

紫泉初启隋宫锁，人来五云深处。镜殿迷香，瀛台挹泪，何限当时情绪！兴亡无据。早玉玺埋尘，铜仙啼露。硇六韶华，夕阳无语送春去。

鞓红谁续花谱？有平原胜侣，同写心素。银管缕春，牙签校秘，蹀躞三千珠履。低回吊古，听怨入霓裳，水音能诉。花雨吹寒，题襟催秀句。

浪淘沙

寒意透云帱，宝篆烟浮。夜深听雨小红楼。姹紫嫣红零落否？人替花愁。

临远怕凝眸，草腻波柔。隔帘咫尺是西洲。来日送春兼送别，花替人愁。

前调

百二莽秦关，丽堞回旋。夕阳红处尽堪怜。素手先鞭何处着？如此山川。

花月自娟娟，帘底灯边。春夜如梦梦如烟。往返人天何所住？如此华年。

三姝媚

——为尺五楼主题扬州某校书所画《芍药片石卷子》

花枝红半吐，似伊人亭亭，呼之解语。怨人将离，倩蛮笺留取，春魂同住。匪石心坚，漫拟作、轻狂飞絮。芳讯谁传？雨雨风风，几番朝暮。

莫问珠鞴钿柱。怅金粉飘零，坠欢无据。梦影扬州，只二分明月，曾窥眉妩。和泪眠香，更吟老、韦郎词句。胜有缃函深锁，小楼尺五。

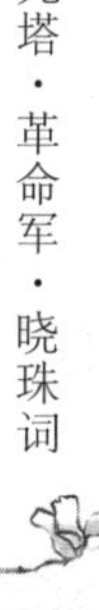

洞仙歌　秋葵

丹心一点，锁葳蕤凉蕊，笑卷宫衣更凝睇。伴清啼络纬，瘦蓼疏棠，诗句在、寂寞闲庭幽砌。

露华瀼似水，绢染鹅黄，入道新妆玉人试。可奈倚墙腰，几度西风，罗袖敛、鬟云全坠。怕金粉飘零易成尘，烦画稿生绡，替描秋思。

法曲献仙音

鸦影偎烟，砧声唤雨，暝色阴阴弄晚。簪萼红疏，题笺墨殢，探梅只今全懒。但翠袖闲欹竹，无言自依黯。

吟思遍。倚楼头、且舒愁眼。风正紧，雁字几行吹断。雪意酿严寒，漾江天、昏雾撩乱。云叶微分，透斜阳空际一线。更城南画角，低送数声清怨。

踏莎行

水绕孤村，树明残照，荒凉古道秋风早。今宵何处驻征鞍？一鞭遥指青山小。

漠漠长空，离离衰草，欲黄重绿情难了。韶华有限恨无穷，人生暗向愁中老。

蝶恋花

寒食东风郊外路。漠漠平原，触目成凄苦。日暮荒鸱啼古树，断桥人静昏昏雨。

遥望深邱埋玉处。烟草迷离，为赋招魂句。人去纸钱灰自舞，饥乌共踏孤坟语。

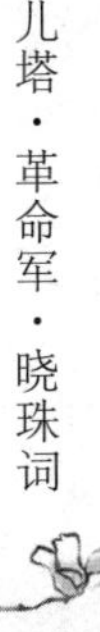

鹧鸪天

一桁帘漪荡晚烟，青琴弹冷碧云天。井栏梧叶传凉讯，指下秋风起素弦。

孤坐久，未归眠，桂花摇影露涓涓。消魂最是初三夜，一握幺蟾瘦可怜。

谒金门　桂

风露洗，花满华严界里。三十六天秋似水，冷香收不起。

谁见靓妆初倚？常伴玉钗金蕊。良夜羿娥寒不寐，一枝和影对。

长相思

风泠泠，珮泠泠，知是鸾声是凤声，红楼一曲筝。

花愔愔，月愔愔，愁煞鹃魂与蝶魂，空庭夜四更。

清平乐

大千尘世，总是消魂地。粉怨香愁无限意，吹得满空红泪。

临风犹弄娉婷，回看能不关情。愿诵楞严一卷，忏渠藩溷飘零。

摸鱼儿

晓眠慵起，嘒嘒蝉声催成断梦。翠永潆洄，红渠万柄，宛然瀛台也。醒后感而成咏。

漾空濛、一奁凉翠，烟痕低锁凄黯。吟魂已共花魂化，恰称瀛台清浅。觑醉眼，认露粉新妆，隔浦曾相见。秾华苦短，只鸥梦初回，宫衣未卸，尘劫已千转。

春明路，一任苍云舒卷。俊游回首都倦。鸾笺未许忘情处，写入冷红幽怨。芳讯断，怕瘦萼，吹香零落成秋苑。摩

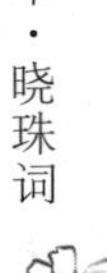

诃池畔。又几度西风，为谁开谢？心事水天远。

百字令（排云殿清慈禧太后画像）

排云深处，写婵娟一幅，翚衣耀羽。禁得兴亡千古恨，剑样英英眉妩。屏蔽边疆，京垓金币，纤手轻输去。游魂地下，羞逢汉雉唐鹉。

为问此地湖山，珠庭启处，犹是尘寰否？玉树歌残萤火黯，天子无愁有女。避暑庄荒，采香径冷，芳艳空尘土。西风残照，游人还赋禾黍。

沁园春

丁巳七月游匡庐，寓Fairy Glen旅馆，译曰“仙谷”，高踞山坳，风景奇丽，名颇称也。纵览之余，慨然有出尘之想，率成此阕。

如此仙源，只在人间，幽居自深。听苍松万壑，无风成籁，岚烟四锁，不雨常阴。曲槛流虹，危楼耸玉，时见惊鸿倩影凭。良宵静，更微闻风吹，飞度泠泠。

浮生能几登临？且收拾烟萝入苦吟。任幽踪来往，谁宾谁主，闲云缥缈，无古无今。黄鹤难招，软红犹恋，回首人天总不禁。空惆怅，证前因何许，欲叩山灵。

祝英台近（为余十眉题《神伤集》）

背银釭，拈翠管，秋影瘦荀倩。洛赋吟成，人共素波远。可怜魂觅帷间，钗寻海上，都不是、等闲恩怨。

几曾见，琼树日日常新，冰蜍夜常满？赢得情长，哪怕梦缘短！瓣香待卜他生，慈云乞取，好深护、玉楼仙眷。

念奴娇（为刘豁公题《戏剧大观》）

文章何用？甚薰香摘艳，今都倦矣。谁谱霓裳传倩影？赢得闲情堪寄。弁鬓翘鬟，峨冠鸣佩，色相纷弹指。凭君认

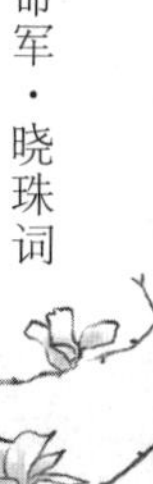

取，浮生原是游戏。

可奈如梦年华，拼教断送，在梨云乡里。除却湖山歌舞外，哪有逃名余地。钿柱疑莺，珠喉妒燕，海国天同醉。新声倚处，春魂还被吹起。

陌上花（感宋宫人饯汪水云事）

黄絁绾就，徘徊犹见，故宫风韵。玉箸金觞，锦字共题幽恨。新词凄绝家山破，忍向离筵重听。算伤心千古，天教粉黛，写沧桑影。

话南朝旧事，湖烟湖水，犹梦翠华遥引。秋黯招提，争似长门春冷。兴亡弹指华胥耳，端让灵犀先省。怅仙源，路杳珮环，何处断人无讯。

琐窗寒（胡氏园有感）

彩笔搜春，钿车拾翠，俊游空记。才过灯市，还约草堂同醉。怪年来、情怀暗迁，繁霜猎蕙香心萎。况题襟久散，凄凉邻笛，下山阳泪。

尘世，原如此。但愁里光阴，朱颜偷逝。月圆花好，痴绝儿时心事。怅荒园、萝封圮墙，残诗淡墨凋旧字。是当时、烟柳斜阳，小栏休更倚。

高阳台（落梅）

仙麝吹尘，飞琼眷梦，余芳半入苔痕。细雨轻寒，空山鹤怨黄昏。劳他驿使重来探，道美人已化春云。最无端、小劫匆匆，粉泪犹新。

返魂纵有奇香在，怅青天碧海，难觅吟魂。绿树婆娑，他时谁认前身。断肠曾照惊鸿影，剩桥头、素水粼粼。奈春波、流去天涯，影也难寻。

烛影摇红

有感时事。以闲情写之。次芷生韵。

絮影萍痕。海天芳信吹来遍。野鸥无计避春风。也被新愁染。早又黄昏时渐。意惺忪、低回倦眼。问谁系住、柳外骄阳，些儿光线。

一霎韶华。可怜颠倒闲莺燕。重重帝网殢春魂。花缀灵台满。底说人天界远？忏三生、芷愁兰怨。销形作骨，铄骨成尘。更因风散。

点绛唇

野色横空。悠悠一叶扁舟小。诗情多少？暗逐流波杳。

鸥鹭相看，烟月愁清晓。秋光好。鲤鱼风早，十里芙蓉老。

前调

云马风车，宵来凉酿天南雨。荷衣楚楚，可奈秋如许。

江草江花，依约来时路。浑无据，万方多故，归也归何处。

青衫湿

银屏凤蜡流寒焰。低照绮罗春。酒阑人散。凉蟾窥户。无限消凝。

人生大抵，东劳西燕。流水行云。胜俦难聚，胜游难再，无处追寻。

声声慢

听残腊鼓。吹暖饧箫。凤城柳弄轻烟。检点春衫，宵来

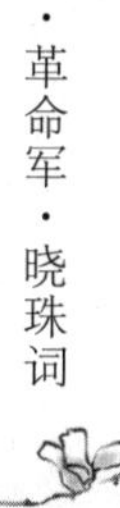

换了吴棉。啼莺唤愁未醒，银屏深、惯倚恹恹。朦胧语，问人间何世。月地花天。

还剩浮生几日？尽伤心付与，浅醉闲眠。无赖斜阳，为底红到楼边。繁香又都吹尽，费冰毫、多事题笺。人空瘦，到明朝、怕启绣奁。

清平乐

谁家废墅？旧日藏春处。曲院回廊深几许？只有斜阳来去。

孤吟幽境闲寻，屐痕一径苔侵。秋笋瘦穿石罅，老荷高过桥阴。

踏莎行

野径双湾，清溪一角，凉飔袅袅生苹末。烟波直欲老斯乡，可能容我荷衣着？

鸡自栖埘，豨知归栅，村居唯羡农家乐。水田百亩荡秋香，今年莲子丰收获。

浣溪沙

帘幕春寒懒上钩，芳尘何处问前游。澹烟轻梦思悠悠。
珠箔飘灯人影飐，桃花糁径马蹄愁，黄昏风雨遍红楼。

高阳台（《鹣感旧记》为芬陀居士题）

梦警鹦翎，誓消鲗墨，情天初换沧桑。碎语重题，残编泪涴秋缃。循环哀乐君知否？证冤缘、先有欢场。试衡量，一寸温馨，一寸凄凉。

人间已苦三秋永，况蕊珠兜率，仙历春长。憔悴花魂，料应常倚啼妆。文箫不怨分鸾镜。怨封侯。轻误萧娘。黯前尘，海水东流。旧恨茫茫。

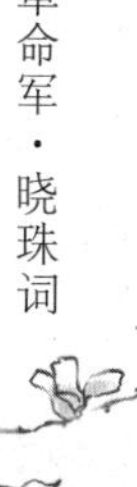

贺新凉　西陵

古桧生云气。郁葱葱、觚棱焕彩。层峦拱翠。霸业而今销何处。满目苍凉无际。算一样、森严圣邸。白发残兵司香役，导游人一径穿幽隧。螭陛冷，藓花翳。

高风艳骨梅根瘗。指西泠、孤坟片碣，寒馨荐水。争似陵宫峨天半。瞰鄂窥荆百里。倘万世、嬴秦传继。拓垄开阡收罗尽，遍神州禹甸无闲地。民户小，不盈咫。

祝英台近

缒银瓶，牵玉井，秋思黯梧苑。蘸渌搴芳，梦堕楚天远。最怜娥月含颦，一般消瘦，又别后，依依重见。

倦凝眄。可奈病叶惊霜，红兰泣骚畹？滞粉黏香，绣屧悄寻遍。小栏人影凄迷，和烟和雾，更化作、一庭幽怨。

浣溪沙

残雪皑皑晓日红，寒山颜色旧时同。断魂何处问飞蓬。
地转天旋千万劫，人间只此一回逢。当时何似莫匆匆。

苏幕遮（拟周美成）

理鹍弦，移雁柱，欲诉琴心，心事成灰炬。浥透鲛绡痕万缕，泪雨何时，晴到梨花树？

诵骚词，吟洛赋，艳殢香顽，毕竟皆尘土。蜜熟花残蜂不哺。甜与何人？却自成辛苦。

浪淘沙　拟李后主

藓绿蚀吴钩，旧恨难酬，五陵辜负少年游。笔底风云浑

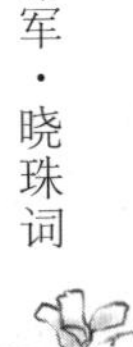

气短，只写春愁。

花瓣锦囊收，抛葬清流。人间无地可埋忧。好逐仙源天外去。切莫回头。

醉太平（忆梅）

绮窗醉凭，南枝梦寻。云荒翠冷岩扃，写凄迷古春。

铅华半匀，沉檀半熏。美人影隔江浔，化作烟痕水痕。

鹧鸪天（七夕）

一杼流霞织锦躔，小楼凉思好云鬟。鸳针乞巧怜芳序，蛛网牵愁恨夜阑。

烟彩散，露华漫。碧空如镜泻秋寒。天河万古喧银浪，不见浮槎客再还。

瑞鹤仙

赋情凄欲断，正翠袖欹寒，碧云催晚。深篁蓊茜。弄阴霾不放，斜阳一线。回肠宛转，有几许、新词题遍？只生来、命薄魂柔，早是鬼才先识。

重展簪花小记，墨晕微黟，渍痕犹茜。年时幽怨，似梦影，春云变。叹飘零病蝶，销残金粉，为底铢衣犹恋。镇无聊、绣谱重翻，旧怀顿减。

喜迁莺（游浙境诸山）

层峦幽夐。步石磴盘旋，瘦筇斜引。箨响清心，药香疗肺，病起闲身相称。茶花半埋云雾。栽向高寒偏劲。天风外、泛琼苞玉蕊，落千寻顶。

重省。空叹我，尘涴素衣，忍说鸥盟冷。楂拾霜红，萝牵晚翠，甚日岩栖才稳？几番俊游暂停，依旧归期未准。碧云杳，锁篁阴十里，竹鸡啼暝。

浣溪沙

风籁鸣哀起翠条，撩人心绪涨秋潮。仙源回望转无聊。

去去莫教重顾影，行行何必更停桡。愁山怨水一身遥。

临江仙（钱塘观潮）

横流滚滚吞吴越，风波谁定喧豗？畸人重见更无期。锦袍铁弩，千古想英姿。

九辨难招怜屈贾，幽魂空滞江湄。子胥终是不羁才。风雷激荡，天际自徘徊。

瑞龙吟（和清真）

横塘路。还又冶叶抽条，繁英辞树。最怜老去方回，断魂尚恋，芳尘送处。

悄延伫。愁见唾茸珠络，旧时朱户。蠹笺暗褪芸香，不堪重认，题红密语。

苦忆前游如梦，翠裙长曳，锦襜低舞。巢燕归来，雕梁春好非故。余哀零怨，写尽闲词句。更谁见，梨云沁影，隔花微步。春共行云去。吴蚕未蜕，犹牵病绪。织就愁千缕。酿一寸。芳心黄梅酸雨。罘罳闷倚，倦怀谁絮？

绮罗香（汤山温泉）

磺爇珠霏，硝炊玉溅，一勺涓涓清泚。泛出桃花，江上鸭先知未？讶冰泮、不待葭吹，试缨浣、闲看浪起。引灵源、小凿娥池，洗脂重见渭流腻。

兰汤谁为灌就？也似华清赐浴，山灵溥惠。不许春寒，侵到人间儿女。喜湔肠、痼疾能疗，问换骨、仙源谁嗣？竞联翩、裙屐风流，证盘铭古意。

百字令

登莫干山，夜黑风狂，清寒砭骨，率成此调。

万峰泼墨，漾红灯一点，径穿幽条。翠袖单寒临日暮，来御天风浩浩。湍瀑惊雷，篔筜戛玉，仙籁生云表。飞琼前世，旧游疑是曾到。

昨日绮阁香温，宿醒犹殢，谁换炎凉早。争道才华多鬼气，占尽人间幽悄。浸入灵犀，冻余冰茧，芳绪抽难了。驿程倦影，微茫愁入秋晓。

满江红

庚申端午，偕缦华女士、迂琐词人泛舟吴会石湖，用梦窗苏州过重五词韵，时予将有美洲之行。

旧苑寻芳，尚断碣、蝌文未灭。石湖外、一帆风软，碧烟如抹。菰叶正鸣湘云怨，葭花犹梦西溪雪。又红罗、金缕黯前尘，儿时节。

人天事，凭谁说。征衫试，荷衣脱。算相逢草草，只赢伤别。汉月有情来海峤，铜仙无泪辞瑶阙。待重拈、彩笔共题襟，何年月？

月华清（为白葭居士题《葭梦图》）

人影芦深，诗怀雪瘦，溯洄谁泛空际？和水和风，洗尽梨云春腻。笑放翁、画入梅花，羞庄叟、情牵凤子。徒倚。对苍茫天地，萧萧秋矣。

除却烟波休寄。更不寄人间，寄存梦里。墨晕葭痕，差见白描高致。任昼长、茶沸瓶笙，尽消受、南窗清睡。慵起。只莞然为问：蜗蛮何世？

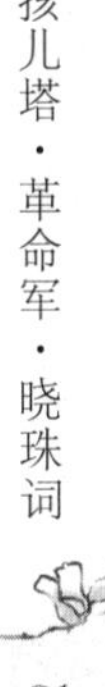

卷二

摸鱼儿

暮春重到瑞士，花事阑珊，余寒犹厉，旅居萧索，赋此遣怀。

又匆匆、轻装倦旅，湖堤蜡屐重印。软红尘外闲身在，来去烟波堪认。孤馆静。任小影、眠云梦抱梨花冷。吹阴弄暝，叹婪尾春光，赏心人事，颠倒总难准。

空惆怅，谁见蕊秾妆靓？瑶台偷坠珠粉。闲愁暗逐仙源杳，更比人间无尽。还自省，料万里乡园一样芳菲褪。纥干冻忍。只蕙撷凄馨，芙搴晚艳，长寄楚纍恨。

摸鱼儿

客里送春，率成此阕，感时伤事，不禁词意之凄断也。时客大秦。

悄凝眸，绿阴连苑，啼莺催换芳序。春归春到原如梦，莫问桃花前度。吟赏路，便咫尺西洲，忍却凌波步。赤城再顾。认霞焰犹腾，炎冈未冷，心事已灰灶。

天涯远，着遍飘英飞絮，粉痕吹泪凝雨。三千顽碧连穹瀚，凄绝云軿回处。今试数，只一霎韶华，幻尽闲朝暮。人间最苦。待珠影联躔，麝尘惊跸，还引奼魂去。

念奴娇

自题所译《成吉思汗墓记》〈事见拙著《鸿雪姻缘》〉

英雄何物？是嬴秦一世气吞胡虏。席卷瀛寰连朔漠，剑底诸侯齐俯。宝铡栽花，珠旒拥槥，异想空千古。双栖有约，翚衣云外延伫。

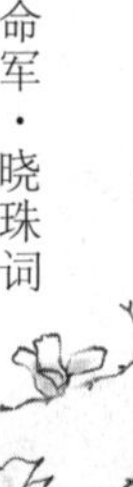

幽穸碧血长湮，啼妆不见，苍烟祠树。谁访贞珉传墨妙？端让西来梵语。鬖凤凋翎，女龙飞蜕，换劫情天谱。彤篇译罢，骚人还惹词赋。

相见欢

闻鸡起舞吾庐，读奇书。记得年时拔剑斫珊瑚。
乡雁断，岛云暗，锁荒居。听尽海潮凄壮心孤。

蝶恋花

缫尽愁丝兼恨缕，尘海茫茫欲系韶光住。悱恻芬芳天所赋，娥眉谣诼宁予妒。说果谈因来复去，苦向泥犁铺垫蔷薇路。五万春华谁与护？枝头听取金玲语。

陌上花（瑞士见月）

十年吟管，五洲游屐，水遥云暝。碧海青天，犹见故宫眉晕。含颦凝睇追随遍，莫避尹邢妆靓。又今宵依约，水晶帘下，梦痕堪印。

话前身何许，万千哀怨，付与瑶台笛韵。旧谱霓裳，凄断人间芳讯。婵娟共影谁长在？只是坡仙词俊。更低徊怕说桂林疏雨茂陵秋病。

澡兰香

芜城惹赋，金谷迷香，梦里旧游暗引。飙轮掣电，逝水徊澜，犹写落花余韵。记哀音、撩乱萦弦，琴心谁绝轸？半折吟笺，箧底尘封重认。

还又仙都小寄，波腻风柔，琐窗人静。云鬟荡影，缟袂兜春，沾遍杏烟樱粉。最无端、艳冶年光，付与愁围病枕。问怎把、永昼恹恹，艰难消尽。

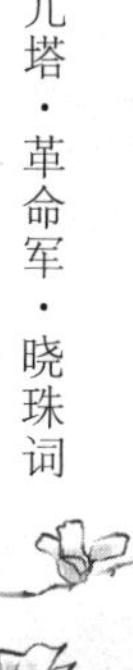

菩萨蛮

舞衣叶叶余香在，欢场了却繁华债。往事梦钧天，梦回情惘然。

疏枝霜后柳，病骨如人瘦。来岁柳飞绵，楼空谁卷帘？

江城梅花引

日内瓦湖畔樱花如海，赋此以壮其盛。

搴霞扶梦下苍穹。怨东风，问东风。底的朱唇，催点费天工。已是春痕嫌太艳，还织就，花一枝，波一重。

一重一重遥远空。波影红，花影融。数也数也数不尽，密朵繁丛。恼煞吟魂，颠倒粉围中。谁放蜂儿逃色界？花历乱，水凄迷，无路通。

尉迟杯

春骀荡。奈着眼、处处成惆怅。无端暗引柔丝，自把吟魂密网。香心枉费，漫闲倚、银屏笑周昉。算词人、生待愁来，玉颜空许相抗。

征衫倦拍芳尘，望朱雀乌衣，何处门巷？旧苑凄凉更谁见，珠泪涴、铜仙露掌。早料理、移宫换羽，和海水、天风咽断响。任从他、罗绮轻盈、翠軿花外来往。

更漏子（题浣云吟稿）

句联珠，珠缀串，一一圆姿璀璨。哀窈窕惜芳菲自书花叶诗。

花开落，人离合，颠倒梦中蝴蝶。痴宋玉苦灵均问天天不闻。

高阳台

啼鸟惊魂，飞花溅泪，山河愁锁春深。倦旅天涯，依然憔悴行吟。几番海燕传书到，道烽烟、故国冥冥。忍消他、绿醑金卮，红萼瑶簪。

牙旗玉帐风光好，奈万家春闺，凄入荒砧。血涴平芜，可堪废垒重寻。生怜野火延烧处，遍江南、草尽红心。更休谈、虫化沙场，鹤返辽阴。

青玉案

樱云冷压银漪遍，春满了，澄湖面。十二瑶峰来阆苑，眉痕敛黛，霞痕渲雪，山也如花艳。

登楼懒赋王朗怨。回首神州似天远。休道年年漂泊惯。随风去住，随波舒卷，人也如鸥倦。

转应曲

春晚，春晚，弱絮轻花飞满。朱楼欢度华年，暮暮朝朝管弦。弦管，弦管，底事哀音撩乱。

前调

憔悴，憔悴，懒向花前回睇。湘皋无限春寒，人远谁闻佩环。环佩，环佩，冷落明珠莹翠。

菩萨蛮

鞾纹绉碧波千顷，几痕疏雪摇秋影。鸥梦入苍茫，仙乡即水乡。

轻烟笼晚翠，山意慵如睡。何处避秦人，行吟独苦辛。

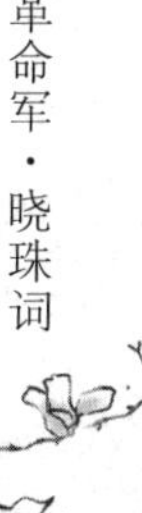

长相思

风潇潇，雨潇潇，天末秋魂不可招，凄凉渡晚潮。

醒无聊，睡无聊，闲倚江楼擫玉箫，红灯影自摇。

谒金门

春睡起，先探阴晴天气。帘卷春空天似水，晓云拖凤尾。

架上乱书慵理，且向小栏闲倚。鸟踏庭花飞更坠，满枝红雨碎。

满庭芳（日内瓦湖畔残夜闻歌有感）

倦枕欹愁，重衾滞梦，小楼深锁春寒。笙歌隔院，咫尺送喧阗。想见华筵初散，怎禁得、酒冷相残。空剩了，深宵暗雨，淅沥洗余欢。

愁看，佳丽地。帷灯匣剑，玉敦珠盘。怕人事年光，一样阑珊。漫说霓裳调好，秋坟唱、禅味同参。疏帘外，银澜弄晓，江上数峰闲。

一枝春

深院愔愔。破苔痕，寂寞独寻幽径。东风僝僽，还共晚烟吹暝。缟衣轻曳，问谁向、玉阑偷凭。惊认作、粉魅窥人，却是老梅摇影。

孤芳素心堪印。奈花非解语，闷怀难讯。疏枝残雪，寒到翠禽都噤。低徊往事，忆情话、小灯窗晕。知甚处、驿使重逢，暗香折赠。

好事近

云气满乾坤，做尽荒寒高洁。一寸盈盈小影，入乱峰层叠。

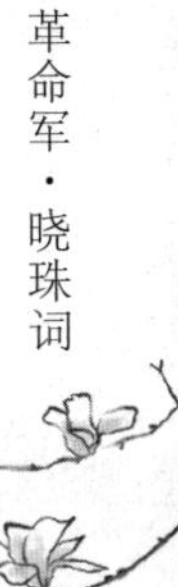

万松排翠接遥天，天籁也沉寂。未忍游踪远去，怕诗魂孤绝。

新雁过妆楼

寓雪山之顶，漫成此阕。

万笏瑶峰，迎仙客、半空飞现妆楼。素鸾骖到，霓帔冷袭天飔。云气岚光相沆瀣，更无余地著春愁。思悠悠。魂消冰雪，乡杳温柔。

婵娟凭谁斗影？梦霜姚月妒裙屐风流。相逢何许，依约群玉山头。鸿泥轻留爪印，似枕借、黄粱联旧游。闲吟倦，但眼迷银缬，寒生锦裯。

好事近　登阿尔伯士（Alps）雪山

寒锁玉嵯峨，掠眼星辰堪撷。散发排云直上，闯九重仙阙。

再来刚是一年期，还映旧时雪。说与山灵无愧，有襟怀同洁。

玲珑四犯（日内瓦之铁网桥）

虹影牵斜，占鹭岭天风，长缕轻飏。谁炼柔钢，绕指巧翻新样。还似索挽秋千，逐飞絮、落花飘荡。任冶游、湖畔来去，通过画船双桨。

步虚仙屧传清响。渡星娥、鹊群休傍。旧欢密约浑无据，春共微波往。为问倚柱尾生，可忏尽、当年情障。锁镜澜凄黯，回肠同结，万丝珊网。

梦芙蓉

蔻岭（Caux）多紫野花，茁于雪际，予恒采之。游踪久别。偶于书卷中见旧藏残瓣，怅然赋此。

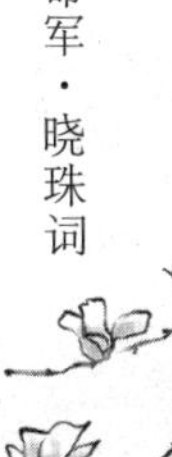

纤苗凝奼紫。记冲寒破雪，岭头铺绮。几番吟赏，裙屐远游至。素标谁得似？繁霜晚菊堪拟。高受天风，倚岚光弄靓，羞傍髻鬟底。

回首林扃暮矣。薜老萝荒，夜黑啼山鬼。岁华催换，陈迹入花史。春痕留片蕊，琅函脂晕犹腻。旧梦重寻，但千岩云锁，松影堕顽翠。

绿意

予爱食笋，海外无此，殊怅怅也。

春泥乍坼。记小锄亲荷，篱外寻采。市共朱樱，嚼伴青蔬，乡园隽味堪买。虚怀密箨层层褪，只玉版、禅心谁解？尽抽成、嫩筱新苏。遮断野溪荒霭。

还忆韬光十里，绿天导一径，游屐轻快。翠亮冰寒，洗髓湔肠，岂必辛盘先贷。沧波不卷潇湘梦，枉远隔、瀛澥流睐。问几人、罗袖闲敲，消受晚风清籁。

忆秦娥

金丝纤。春衫织就金鸂鶒。金鸂鶒，舞场初试，万波回睩。

旧欢如梦休重说，秾华忏尽今非昨。今非昨，白莲香里，缟衣参佛。

如梦令

岚气晓来凝黛，掩映湖光妍冶。轻驶更留痕，秋影浪分舟尾。欸乃，欸乃。界破一溪银霭。

前调

近水楼台歌舞，莫辨珠光花雾。桥影远流虹，消得晚来幽步。归去，归去，红颤一溪繁炬。

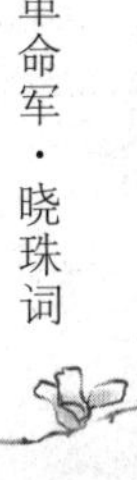

六丑

警银屏好梦，蓦别院、繁弦凄咽。试回倦眸、瀛波涵枕角。水远烟阔。问几多金粉，大千抛遍，赚众生哀乐。秾华苦短凭谁说。沟外桃英，篱边絮雪，旧时燕莺能识。叹流光草草，催换今昨。

黄梁乍觉。有灵犀清澈。待把闲愁怨。都忏却。仙娥破茧舒翼。莫温馨更染，艳丝重织。望缥缈、步虚非隔。指碧落、别有星寰可许，倩魂长托。高寒处、良夜休怯。折芙蓉、在手天风外，铢衣控鹤。

解连环

绮霞弥漫，任盈盈小影，水天幽占。做几多、画本诗材，把岚翠闲收，湖漪轻剪。何处飞仙，指风送、东溟三万。尽相逢一笑，莫论主宾，休问胡汉。

归辽待寻鹤梦，料沧桑故国，几度催换。且蹉跎、老我浮生。有晓雾蛮花，夜霜羌管。酒醒今宵，怕明月、隔帘流眄。按清歌、寄愁未得，寸心自远。

绛都春（日内瓦湖习桨）

临波学步。试扶上小舟，轻移柔橹。弱腕乍扬，已觉吟魂消银浦。低昂一叶从洄溯。似蘸渌、蜻蜓栩栩。半湾新涨，盈襟绀影，悄然来去。

休误。烟霞无价，供欣赏、说甚他乡吾土。几许梦痕，濯入沧浪慵回顾。仙踪况许壶天住。尽水佩、风裳容与。夕阳正恋瑶峰，赤晶认取。

二郎神

杨深秀所画山水便面，儿时常摹绘之，先严所赐。杨为戊戌殉难六贤之一，变政之先觉也。

齐纨乍展，似碧血、画中曾污。记国命维新，物穷斯变，筚路艰辛初步。凤驭金轮今何在？但废苑、斜阳禾黍。矜尺幅旧藏，渊渟岳峙，共存千古。

可奈。鹰瞵蚕食，万方多故。怕锦样山河，沧桑催换，愁入灵旗风雨。粉本摹春，荷香拂暑，犹是先芬堪溯。待箧底、剪取芸苗麝屑，墨痕珍护。

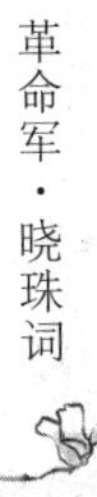

丑奴儿慢

十洲澒洞，吾道依依何往。对满眼蜃楼花雨，那处仙源。浪迹遐荒，万方多难此凭栏。孤吟去国，杜陵烽火，庾信江关。

梦影渐稀，宣南韵事，江左清谈。正谁向、天山探雪，渤海观澜。来日奇忧。东风吹送到云鬟。梅枝难寄，乡心凄黯，笛语哀顽。

前调

雕阑几曲，月影盈盈初上。泻一抹银辉如水，冷浸花魂。悄倚孤梅，素心商略共温存。寒翎戢翠，癯虬缀雪，伴定黄昏。

漏尽更阑。幽沉万籁，静掩千门。正遥想、欢场春好，玉笑珠颦。歌舞谁家，华灯红闹锦屏人。凝情伫久，疏林落蕊，轻点苔痕。

浣溪沙

景色何心说故乡，朱楼依旧见垂杨。禁他冶叶不回肠。
凤翙有声锵紫塞，燕归无计认雕梁。三千弱水溯中央。

前调

色相凭谁悟大千，瑶峰无尽浸壶天。此中真个断尘缘。
淡掠烟波描梦影，净调冰雪练仙颜。一生常枕水晶眠。

前调

蕙带荷衣惜旧香，梦回禁得水云凉。鱼书迢递诉愁肠。
已是槎浮通碧汉，更闻人语隔红墙。星源犹自见欃枪。

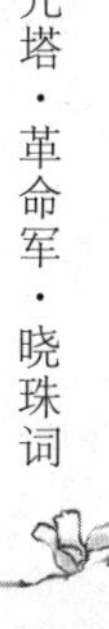

前调

不信山林可赋闲，艳于金粉腻于烟。莺花无赖自年年。
碎碾青琼成蓓蕾，乱抛红豆寄缠绵。初禅怕住有情天。

浣溪沙

小劫仙都认梦痕，凄迷泪雨送芳辰。长空何处不消魂。
天际葬花腾艳霭，人间疑纬说祥云。人天谁忏可怜春。

一剪梅

一抹春痕梦里收。草长莺飞，柳细波柔。珠帘十里荡银钩，筝语东风，那处红楼？

别有前尘忆旧游。几日韶华，赋笔生愁。长安云物恋残秋，铃语西风，那处红兜。

点绛唇

万叶鏖风，绿天凉闹山楼雨。初收残暑，蓦地秋如许。

舟塔凌空，一点摇红炬。心休怖，黝溟黟雾，也有光明路。

翠楼吟

瑞士水仙花多生于陆地，然地以湖著名，仍与原名契合，欣赏之余，制此为颂

艳骨冰清，仙心雪亮，羞看等闲罗绮。柔乡羁素袜，指洛浦、芝田双寄。凌波回睇。认玉质金相，西来梳洗。韶光里，盈盈欲语，通词谁试？

恰是，群玉山头，望有娀无恙，瑶台迤逦。相逢悲隔世，洒千点、如铅香泪。首邱容倚，写砑粉银笺，花铭同瘗。归

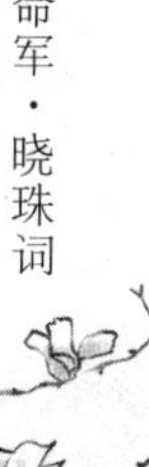

无计，只怜孤负，故山梅蕊。

风蝶令

烟霭三山远，沧溟万里迷。身非双翼凤凰儿，已是与天相近与人离。

金粉衣难染，风花梦岂疑。步虚来去几多时，除却瀛光岚影更谁知。

念奴娇　游白琅克（Mont Blanc）冰山

灵娲游戏，把晶屏十二，排成巇崄。簇簇锋棱临万仞。诡绝阴森天堑。雨滑琼枝，光迷银缬，鸾鹤愁难占。羲轮休近，炎威终古空瞰。

图画展遍湖山，惊心初见，仙境穷犹变。惟怕乾坤英气尽，色相全消柔艳。巫峡云荒，瑶台月冷，梦断春风面。游踪何许？飞车天末曾绾。

南楼令

叶落见城厢，疏枝恨早霜。喜山林、乍换秋妆。多谢倪郎传画笔，渲绛赭，点苍黄。

桥影恋残阳，沙痕引岸长。锁羁愁、十里清湘。著个诗人孤似雁，云黯淡，水微茫。

解连环（巴黎铁塔）

万红深坞。怕春魂易散，九洲先铸。铸千寻、铁网凌空，把花气轻兜，珠光团聚。联袂人来，似宛转、蛛丝牵度。认云烟飘缈，远共海风，吹入虚步。

铜标别翻旧谱。借云斤月斧，幻起仙宇。问谁将、绕指柔钢，作一柱擎天，近衔羲驭？绣市低环，瞰如蚁、钿车来去。更凄迷、夕阳写影，半捎茜雾。

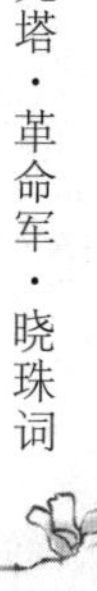

玲珑四犯

意国多古迹，佛罗罗曼（Fororomano）为千余年市场遗址，断础残甃，散卧野花夕照间，景最凄艳，赋此以志旧游之感。

一片斜阳，认古甃颓垣，蝌篆苔翳。倦影铜驼，催入野花秋睡。尽教残梦沉酣，浑不管、劫余何世。看凄迷、废垒萝蔓，犹似绮罗交曳。

艳尘空指前游地，黯销凝、屟香黏蕊。大秦西望苍烟远，谁解明珠佩。重溯故国旧闻，记八骏、曾驰周辔。惹赋情绵邈，春痕长晕，穆瑶池际。

八声甘州

——游马勒梅桑（Malimaison）吊拿破仑之后约瑟芬

望娟娟一水锁妆楼，千秋想容光。怅翚衣褪彩，螭奁滞粉，犹认柔乡。未稳栖香双燕，戎马正仓皇。剪烛传军牒，常伴君王。

见说蘼芜遗恨，逐东风上苑，也到椒芳。道名花无子，何祚继天潢。谱离鸾，马嵬终负，算薄情、不数李三郎。游人去、女墙扃翠，娥月渲黄。

绛都春（拿坡里火山）

禅天妙谛，证大道涅槃，薪传谁继？世外避秦，那有惊心咸阳燧。飙轮怒碾丹砂地，弄千丈红尘春翳。倦飞孤鹜，几番错认，赤城霞起。

凝睇，镌冰斫雪。指隔浦、迤逦瑶峰曾寄。火浣五铢，姑射仙人翔游袂，流金烁石都无忌。算几态、炎凉游戏。任教烧蜡成灰，早干艳泪。

金缕曲（纽约港口自由神铜像）

值得黄金范。指沧溟、神光离合，大千瞻恋。一簇华灯高擎处，十狱九渊同灿。是我佛、慈航舣岸。挚凤羁龙缘何

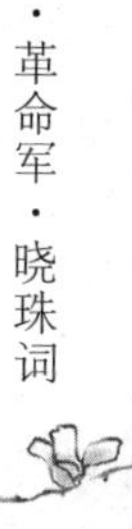

事？任天空、海阔随舒卷。苍霭渺，碧波远。

衔砂精卫空存愿。叹人间、绿愁红悴，东风难管。筚路艰辛须求己，莫待五丁挥断。浑未许、春光偷赚。花满西洲开天府，是当年、种播佳莳遍。翻史册、此殷鉴。

摸鱼儿（伦敦堡吊建格来公主 Lady Jane Grey）

望凄迷寒漪衔苑，黄台瓜蔓曾奏。娃宫休问伤心史，惨绝燃萁煎豆。惊变骤，蓦玄武门开，弩发纤纤手。嵩呼献寿。记花拜螭墀，云扶娥驭，为数恰阳九。

吹箫侣，正是芳春时候。封侯底事轻负？金旒玉玺原孤注，掷却一圆莺脰。还掩袖，见窗外囚车，血涴龙无首。幽魂悟否？愿世世生生，平林比翼，莫作帝王胄。

蝶恋花

彗尾腾光明月缺，天地悠悠，问我将安托？一自鲁连高蹈绝，千年碧海无颜色。

容易欢场成落寞，道是消愁，试取金尊酌。泪迸尊前无计遏，回肠得酒哀愈烈。

前调

海上秋来人不识，仙籁横空，只许仙心觉。小立瑶台挥羽箑，新凉情绪凭谁说。

不用宫纱笼麝爝，帝网千珠，分作家家月。惟愿冰轮常皎洁，何妨火伞颓西极。

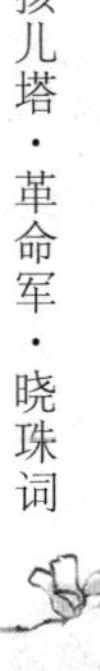

前调

迤逦湖堤光似砑，汉女湘姚，尽态争游冶。为避钿车行陌野，清吟却怕衣香惹。

别浦凝阴风定也，芦荻萧萧，濠濮间情写。双占水天光上下，一凫对影成图画。

前调

为问闲愁抛尽否？收得乾坤，缥缈归吟袖。雪岭炎冈相竞秀，一时寒热同消受。

泪雨吹香花落后，尘劫茫茫，弹指旋轮骤。便作飞仙应感旧，五云深处犹回首。

三姝媚

沪友函称，有于古玩肆购得傅君沅叔为予书诗册者，珍袭征咏，视如古迹云，事见《申报》。予去国时，书笥皆寄存于沪，此物何由入市，且物主及书者均尚生存，竟邀咏叹，亦堪莞尔。赋此亦寄慨焉。

芳尘封邺架，记兰成匆匆，锦帆西挂。沧海飘零，更伤心、休问年时书画。尺素偷传，惊掌故、新添诗话。旧句笼纱，翠渖痕烟，粉笺光砑。

瞥眼云烟过也。怅脉望难仙，浮生犹借。片羽人间，笑鸡林胡卖，早矜声价。知否吟踪，尚留恋、水柔云冶。还忆家山梦影，长恩精舍。

花犯

内瓦湖畔牡丹数株，看花已二度，为题此阕。

炫芳丛，鞓红欧碧，年华又如此。玄都观里，谁省识重来，赢得憔悴。已谙世态浮云味，吟怀懒料理。算也似，粉樱三见，归期犹未计。

风流弄绝塞胡妆，依然未减却，天姿名贵。闲徙倚。问可是、洛阳迁地？尽消受、蛮花顶礼，引十万、红云渡海水。还怕说、宝栏春晚，宵来风雨洗。

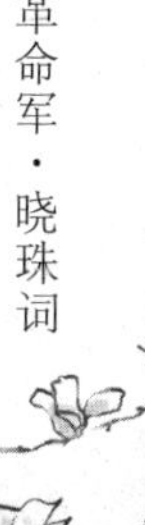

喜迁莺

得故国友人书，谓社稷坛芍药千余株，多金带围名种，近被暴民集会，践踏无遗，为赋此调，以代传檄。希海内骚人结社招魂，俾暴徒愧悔，兼可为文苑他年掌故也。

杯传娄尾，记滴粉浥脂，丰台争买。縠雨吹晴。蔷枝共晚，长恨俊游难再。海壖蜃楼春好，故国雕栏春改。马蹄过，问翻阶红艳，而今安在？

堪怪。张彩帜。道是护花，刈割同萧艾。芳信难离，仙魂不返，梦想锦云飞盖。早知舞衣金缕，输与荷衣蕙带。更鹃哭、倒冬青几树、窀香同采。

丑奴儿慢

东横泰岱。谁向峰头立马？最愁见铜标光黯，翠岛云昏。一旅挥戈，秦关百二竟无人。从今已矣，羞看貂锦，怯涴胡尘。

鼎尚沸然，残膏未尽，腐鼠犹瞋。更绣幕、闲烧官烛，红照花魂，遍野哀鸿。但无余唳到营门。迎春椒颂，八方争说，草木同新。

沁园春

时序重逢，检点寒馨，东篱又黄。痛灵萱堂下，曾睽莱彩，高椿冢畔，莫奠椒浆。磨蝎光阴，博沙身世，岂待而今始断肠。天涯远，之孤星怨晓，病叶啼霜。

家山梦影微茫，记摘蔓燃萁旧恨长。便宫鹦前面，言将未忍，风人旨外，哀已成伤。月冷松楸，尘封马鬣，泉路栖迟各一乡。凝眸处，但凄风猎猎，白日荒荒。

清平乐

寻寻觅觅，印遍芳洲迹。故国愁云横远碧，莫问梅枝消息。

异乡消得凭栏，身闲便觉天宽。野柽红迷古堡，海棕青过沙湾。

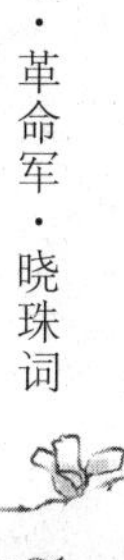

前调

乱山苍莽，若个成孤往。远市红尘飞不上，只有云相向。

荒寒残雪无垠，卜居谁寄天真。消得翠屏环拱，一椽茅屋为尊。

前调

林峦深窈，万绿飞轮峭。俯瞰湖光千丈杳，洞口一旮低小。

两厓灿锦铺霞，无名不识蛮花。车轨陡悬梯级，山田横划袈裟。

前调

锦屏曾隔，胡越同舟识。花叶谁书传素翼，还待象胥重译。

前番山水因缘，今番盘敦联欢。尽狎江湖凫雁，遍瞻万国衣冠。

前调

百年飘瞥，来去原无着。梦抱晓珠归旧阙，一笑水空云邈。

已羞叔世浮名，仍羁沧海余生。哀入江楼倦枕，禁他午夜滩声。

金缕曲

《伦敦快报》称银幕明星范伦铁诺（R.Valentino）之死，世界亿万妇女赠以涕泪及香花，而无黄金之赙，迄今借厝他茔，不克迁葬。其理事人发乞助之函千封于范氏富友，答者仅六函，予为莞尔。曩予舟渡大西洋，曾梦范氏乞诔《事见〈鸿雪因缘〉》，今赋此阕寄慨，兼偿夙诺焉。

孰肯黄金市？叹荒邱、尘封骏骨，一棺犹寄。知否恩如花梢露。花谢露痕晞矣。况幻影、游龙清戏。人海茫茫银波外，问欢场、若个矜风义？原惯态，事非异。

征轺曾访鸣珂里，黯余春、小桃零落，绮窗深闭。旧梦凄迷无寻处，消息翠禽重递。算吟债、今番堪抵。记取仙槎西来夜，荐灵风、倦枕惊涛里。残酒醒，绛灯炧。

洞仙歌

戊辰中秋，计予再度去国又二年矣。

圆规无恙，自乘桴西去，二十三番弄消长。看苍茫秋色，窈窕冰姿，又宛宛、来伴客星同朗。

淮南还木落，问讯铜仙，曾否宵啼泪盈掌？故国几悲欢，分付西风，扫太华、残云来往。喜法曲霓裳远能传，播桂子天香，共成心赏。

玉漏迟

旧游迷杜芷。采芳重到，岁华更替。无恙阑干，消得几回闲倚？逝水不分今古，且莫问、沧桑何世。差自喜，吟怀未减，素心勘寄。

园林昨夜新霜，弄熟柿垂丹，晚枇凝翠。天际瑶峰，还又绮霞微翳。道是山川信美，可祓得、人间疵疠？残照里，高歌海门秋丽。

庆春宫（雪后）

山市驰橇，冰坛竞屐，胡天朔雪初干。已霁仍严，将融又结，疏林惯写萧闲。风裁争峻，指松柏、相期岁寒。飘零休诉，人远天涯，树老江潭。

年时苦忆长安。韵斗尖叉，吟兴遍酣。官阁梅花，梁园宾客，梦痕一样阑珊。暮愁千叠，拥云气、横遮乱山。凄迷谁见，鸿爪西洲，马首蓝关。

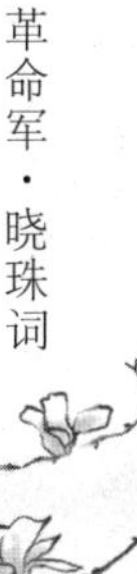

浣溪沙

处处烟波锁画桥，梦中犹自倦双桡。仙源长寄转无聊。

欹枕乡心惊断雁，卷帘秋影见层樵。欲随风雨入中条。

蝶恋花

法曲先闻犹隔面，绣幕开时，一霎横波乱。七宝妆成来阆苑，天衣曳处星辰闪。

优孟风流班宋艳。不逞名场，便向歌场现。举世滔滔声色恋，烧残秦火才人贱。

望湘人

送征帆远去，孤馆悄归，只怜排闷无计。绣椅空时，锦茵凹处，坐久余温犹腻。银褪糖衣，灰残烟尾，分明眼底。恰匆匆，如梦相逢，那信伊人千里。

红萼新词漫拟，怅伶俜倦旅，岁阑心事。听笑语谁家，暖入翠樽芳禊。尚逢驿使，梅花折寄。冰雪邮程西比。不辞化、一缕离魂，黏人缃苞寒蕊。

瑞鹤仙（散步日内瓦公园即景）

屐痕侵败藓。自寻寻觅觅，岁阑心眼。霜林弄秋绚。

挟西来金气，别严妆面。乔松翠健。羡只许、寒禽高占，似宣和、画本偷传，虬影鸷姿重见。

还看。山眉愁倚，薄黛含颦、倦鬟堆怨。美人骚畹。

迨迟暮，转凄艳。尚依然绿遍，平芜如此，岂必花时堪恋。对西风、料理清吟，赋情自远。

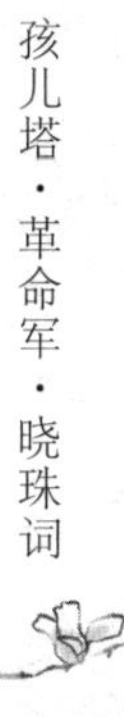

洞仙歌

白葭居士绘松林，一人面海而立，题曰“湘水无情吊岂知”。南海康更生君见而哀之，题诗自比屈贾。而予现居之境，恰同此景，复以自哀焉，爰题此阕以应居士之嘱。戊辰冬识于日内瓦湖畔。

何人袖手？对横流沧海，一样无情似湘水。任山留云住，浪挟天旋，争忍说、身世两忘如此。

千秋悲屈贾，数到婵娟，我亦年来尽堪拟。遗恨满仙源，无尽阑干，更无尽、瀛光岚翠。又变征遥闻动苍凉。倚画里新声，万松清吹。

玉楼春

人间那是消魂处，咫尺西洲成小住。翠澜三面绕妆楼，柔橹一双摇梦雨。

清歌叠引公无渡，休向枝头听杜宇，从教憔悴滞天涯，肯说高寒愁玉宇。

渔家傲

欲避烦忧何所适，浮邱挹袖洪厓拍。渺渺幽踪临众壑，愁千斛，云光磨洗天风濯。

万缕自成清净色，玉辉珠媚浑嫌浊。峭壁孤花红一萼，标高格，名园罗绮慵回瞩。

月华清

雕影横秋，人烟破暝，诗怀一昔催换。境入荒寒，恰好素襟堪浣。伴哀蛩、新句重商，撷晚菊、旧情仍恋。缓缓。向林皋石磴，等闲寻遍。

何处巫云吹卷？指依样嵚崎，蜀峰攒剑。倦旅登临，赢得几番凄黯。和樵歌、松籁凄锵，弄灯影、雪窗红颤。宛宛。但苍龙四走，暮山无断。

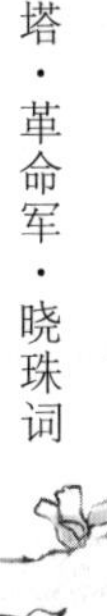

丁香结

梦于伦敦友人处见予所绘水墨大士像，秀发披拂，现身海中。忆髫龄乡居，乡人曾以旧画观音一幅乞为摩绘，固有其事也。

妙相波莹，华鬘风袅，一笑拈花弹指。记年时桑梓，传旧影、蘸渌裁缃摩拟。梦中寻断梦，梦飘断、水驿海澨。无端还见，墨晕化入盈盈澜翠。

凝思。又劫历诸天，暗怯清游迤逦。尘障消残，春华惜遍，此情难寄。遥瀚低掠倦羽，自返莲台底。有菡心灵净，依样乌泥不滓。

陌上花

茫茫海水，无情东去。比愁多少？溯到天涯，还是燕昏莺晓。纥干何限家山恨，黯入瀛洲花草。又吹残絮雪，上京春晚，玉台人老。

数韶光几许，看朱成碧，小史华年偷校。仙屿云烟，身世一般缥缈。三千珠履飘零尽，谁话沧桑天宝？但凄凉、剩有当时明月。夜阑低照。

金盏子

芳禊停修，花叶慵书，一年春晚。怜病蝶依依，相婉娩。同是梦中虚艳。隔帘小影凄迷，倚珍丛寒浅。黄昏又、风雨洗残，梨粉早成秋苑。

法曲绝弦按。弄繁会、哀音尽拂乱。禁他曲终易变，怕音尾、一唱更赢三叹。众里先避华筵，当笙歌未散。更休待，银烛殒风，满堂花黯。

望江南

瀛洲好，知是甚星寰。冠盖都非如隔世，晨昏相背不同天，尘梦委香烟。

前调

瀛洲好，应悔问迷津。蟾影盈亏知汉历，桃源清浅误秦人，去住两含颦。

前调

瀛洲好，春意闹湖边。小白长红花作市，肥环瘦燕水为奁，三月丽人天。

前调

瀛洲好，重贺太平时。远近铙歌传彩帜，万千嫠帏泣缁衣，哀乐太参差。

前调

瀛洲好，衣履样新翻。橡屧无声行避雨，鲛衫飞影步生烟，春冷忆吴棉。

前调

瀛洲好，辟谷饵仙方。净白凝香调犊酪，嫩黄和露剥蕉穰，薄膳称柔肠。

前调

瀛洲好，笔砚抛久荒。不见霜毫鹳眼灿，惟调翠渖蟹行长，绕指有柔钢。

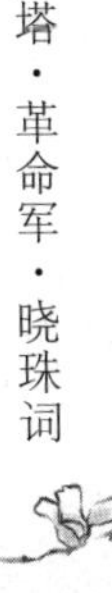

前调

瀛洲好，小谪住楼台。身似落花常近水，月临繁电不生辉，顽艳有余哀。

望海潮

平澜叠翠，惊泷泼雪，广寒飞下冰夷。娥驭俊征，晶轮艳转，众流澎湃相随。云叶想旌旗。似群真跄济，羽葆轻移。旧侣难招，佩环何处怨来迟。

尘寰小住为宜，望神山缥缈，漫写遐思。白柰花零，紫兰人杳，蕊宫无限凄迷。一样断肠时，问仙家哀乐，世外谁知？梦绎天书金字，十万纪骚词。

兰陵王（秋柳）

乱鸦集，写入芜城秋色。隋堤畔、无限夕阳，红到枝头黯成碧。宵来梦郁抑，愁压眉痕更窄。怜憔悴，零落旧妆，付与西风弄梳掠。

春华去谁惜？忆帘卷朱楼，处处烟幂，朦胧尽是相思缬。更茜雪相映，小桃争发，曾遮骢马踏艳屑，只今两陈迹。

凄恻，诉飘泊。又唱彻阳关，断魂桥侧。霜条待共梅枝折。望故国千里，暮云愁隔。归心何许，托笛语，问旧驿。

喜迁莺令

燕衔泥，泥涣雪，南陌早关情。寻芳宜唱踏莎行，莫问雨和晴。

枝绽花，花褪萼，几日便分今昨。今年灯市已前尘，何况去年人。

浣溪沙

知是仙游是梦游，春痕依约彩笺收。芳尘回首恨悠悠。
山水有缘温旧迹，钗钿无地证新愁。伤心何独牡丹侯。

采桑子

仙情更比人情薄，不贷天钱，便斫天缘，织女黄姑各自怜。

骞槎莫向云边泛，不是星源，便是河源，星自参商水不廉。

柳梢青

人影帘遮，香残灯灺，雨细风斜。门掩春寒，云迷小梦，睡损梨花。

且消锦样年华，更莫问，天涯水涯。孔雀徘徊，杜鹃归去，我已无家。

卜算子

屏障立庄严，雷曜争阴霁。松籁泱泱大国风，不馁荒寒气。

莫采野花红，且挹乔柯翠。古木幽人共一山，性理通贞粹。

前调

闲趁艳阳天，悄访栖真处。一水盈盈不见舟，只许仙禽渡。

门巷落花深，岭障春阴聚。红是缃桃白是雪，遮断来时路。

前调

只有断肠花，那有长生药。徐市同舟去海东，谁见重还客。

红萼旧诗邮，碧汉新蠡测。人住尘寰我月球，世外通消息。

忆旧游

证仙经旧说，缥缈三山，问是耶非？路转松杉密，恰诗如石瘦，境与人离。静参物外禅谛，无语会心期。正云恋群峰，青莲朵朵，玉叶垂垂。

岚光泻浓黛，似声碎琅玕，翠髓横漓。漫说衣襟涴，便飞来鹤羽，也染毰毸。软红欲避尘梦，舍之更何之。奈徒倚天风，羊公岘泪还暗滋。

月下笛

吟管搴芳，仙裳蘸渌，俊游还再。几曾孤负，鸥鹭湖边相待。遍人间、笙歌正酣，冷香杜芷闲自采。谢题襟旧侣，玉珰缄札，赋情犹在。

桑田变否？试问讯麻姑，朱颜暗改。渭流脂腻，愁渡西戎红海。劝灵源、春痕秘留，碧桃且莫漂片蕊。渺心期，又见三山半落青昊外。

齐天乐

吾楼对白琅克冰山，晨观日出山顶，赋此。

曜灵初破鸿濛色，长空一轮端丽。霞暖镕金，云苏泻玉，蓦发天硎新砺。冰峦峻倚，更反射皑皑，银辉腾绮。尽斗寒暄，素韬飞弩恼神羿。

莺声残梦唤起。绣帘先自卷，偏惯凝睇。光满瑶峰，春溶碧海，慵顾姮娥梳洗。羲鞭漫指，怕渐近黄昏，短英雄气。影恋花枝，断红谁共系？

破阵乐

欧洲雪山以阿尔伯士为最高，白琅克次之，其分脉为冰山，余则苍翠如常，但极险峻，游者必乘飞车，悬于电线，掠空而行。东亚女子倚声为山灵寿者，予殆第一人乎？

混沌乍启，风雷暗坼，横插天柱。骇翠排空窥碧海，直与狂澜争怒。光闪阴阳，云为潮汐，自成朝暮。认游踪、只许飞车到，便红丝远系，飙轮难驻。一角孤分，花明玉井，冰莲初吐。

延伫。拂藓镌岩，调宫按羽，问华夏，衡今古。十万年来空谷里，可有粉妆题赋？写蛮笺，传心契，惟吾与汝。省识浮生弹指，此日青峰，前番白雪，他时黄土。且证世外因缘，山灵感遇。

惜秋华（和韦齐西溪纪游之作即次原韵）

越尾吴头，认江流玉带，寒漪双抱。金粉正浓，欃枪几番回照。秋山倦倚啼妆，尚依旧、秦鬟扰扰。任词仙、醉赏萸风吹帽。

前度夕阳老。算长房袖里，壶天犹好。沙渚浅。霜径曲，瘦筇曾到。生怜梦影分明，忆十年、柿圆花小。输了。恨吾家、绀珠偏少。

木兰花慢

丙辰秋与老友韦齐及廖公子孟昂同游杭之西溪，顷韦齐寄示新词，述及旧事，孟昂早归道山，予亦远谪异国，栋风隽句，深寓沧桑之感，赋此奉和，亦用梦窗韵。

赋情传雁羽，素笺展，黛眉颦。尽溯海寻桑，看朱成碧，欲记难真。荻花又吹疏雪，黯西溪、无处认秋痕。依约前游似梦，飘零旧侣如云。

逡巡。楚些招魂。悁菊瘁，惋兰熏。怕众芳消歇，新词织锦，留印心纹。未来更兼过去，问芸芸、谁是古今人。一样夕阳花影，商量莫负黄昏。

凄凉犯

断霞吹霰胡天晚，残年尚弄凄丽。山横玉垒，塔明金箍，感怀殊异。长街裙屐，望来去、仙仙魅魅。问何心、飘零萍梗，艳说避秦地。

除夕三番矣，习与时迁，语随乡易。锦囊诗料，更兼收、十洲澜翠。故国今宵，定桦烛，千家无睡。对蛮花、自剪红绡罥茜蕊。

真珠帘（本意）

泪华夜夜生沧海，卷愁痕，遮断鲛宫缥缈。奁底映花枝，似雾中催晓。颗颗圆姿春暗绾，比月影、还怜娇小。休恼。待银钩双挂，燕归犹早。

长恨相见无由，道争如不见，余情难了。半面许谁窥？但曲终音袅。消尽轻寒留浅梦，借一斛、珍光笼照。缭绕。又飘灯细雨，阁深人悄。

琐窗寒

孟特如（Montreux）湖畔多玉兰高树，婆娑巨朵，千百掩映，瑶峰玉宇，饶华贵气象。予每春来此看花，已三度，爰用梦窗赋玉兰韵而成此阕。原作有“海客乘浮槎”及“悲乡远”等句，不啻为予今日咏也。

海日抟霞，仙潢漱玉，靓妆重见。秾春未了，不分做成凄惋。看缃苞、剪取茜痕。锦绡十丈天机展。便洛阳姚魏，也应低首，漫论湘畹。

舞倦，霓裳换。又暝入梨云，共怜秋苑。人间天上，一样韶华催晚。恨相逢、愁中病中，骞槎不恨星河远。怪吴郎、词笔凄馨，早识飘零怨。

祝英台近

己巳春，瑞士水仙满山，方抽寸翠，未及见花，有奥京维也纳之役，归来寻赏，零落已尽，怅赋三解。

惓珍丛，催小别，归思满怀抱。料理兼程，只说春尚早。

孩儿塔·革命军·晓珠词

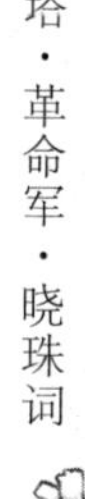

那知去带余寒，归迎轻暖，春早已、赶先曾到。

被花恼，不分世外相逢，情缘更颠倒。诉与东风，毕竟没分晓。从教百转吟哦，一腔凄惋，怎说与、此花知道。

前调

绕湘皋，依洛浦，特地种骚屑。更借回风，处处舞流雪。分明万绪千情，丝丝揉乱，都化作万花千叶。

弄孤洁，因甚翠羽明珰，春华坐愁绝。占断仙源，莫展素心结。知他别有奇哀，陈思枉赋，纵艳笔、何曾描着。

前调

绀搴云，铅蘸渌，瞥眼又如许。检点芳痕，消得几风雨。昙春一刻千金，凭君珍重，原不比、等闲朝暮。

接宫羽，不辞灯灺香残，宵深为君谱。翠咽瀛波，弦外曳音苦。问他地老天荒，成连去后，更若个、赏心重遇。

还京乐

梦闻故国歌声，极顿挫苍凉之致，感而赋此。

殢春睡，听引、圆腔激楚哀丝颤。话上京遗事，周郎顾罢，龟年歌倦。又夜来风雨，无端撩起梨花怨。萦万感，残梦碎影，承平犹见。

凤槽檀板，问人间何世？依然粉醉金迷，华席未散。而今更不成欢，对金尊、怯试深浅。指蟾宫、早桂影都移，霓裳暗换。渺断魂何许，青峰江上人远。

踏莎行

楼观参差，蓬莱婀娜，卷帘独对斜阳坐。天开图画画成诗，个中觅句偏容我。

翠瀚初澄，丹轮半弹，余辉散作烧天火。小云叠叠倚晴空，一时尽变玫瑰朵。

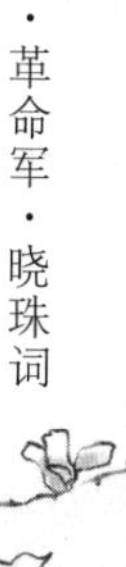

江神子

催花风雨弄阴晴，似多情，似无情。廿四番风，换尽最分明。更换鸣禽如过客，先燕燕，后莺莺。

浮生同此转飙轮，是微尘，恋红尘。如梦莺花，添个梦中人。一霎春痕如梦影，休苦苦，唤真真。

减字木兰花

友人来书谓予客海外，有屈子行吟之感，赋此答之。

兰茎古艳，谁向三千年后剪？移过西洲，又惹东风万里愁。

湖山丽矣，但少幽情如屈子。花草风流，彩笔调和两半球。

渡江云

绀阴生海峤，斜阳破暝，松影落虚坛。屐痕曾印处，弄水搴芳，旧迹认留连。游丝罥蕊，又怨粉、吹满人间。怅重探、玄都花事，怀抱已非前。

堪怜。晴漪晃翠，晖嶂皴金，便湖山如此。问他日、蹑云玉笥，谁吊中仙？登临着遍伤心眼，黯平芜、都到吟边。华年恨，古今一例荒烟。

风流子（芍药）

长安看遍后，瀛洲外、重见靓妆浓。认云衣剪紫，带宽金缕，粉痕捻素。影亸珍丛。折得露枝归绣幌，凝睇不言中。谁信断肠，可怜婪尾，莺讴台苑，蝶舞帘栊。

芜城多佳丽，空回首、心事暗恼东风。故国花称后土，无此丰容。任波涨春愁，骞槎久系、词传雅谑，蛮语初通。不道万重蓬远，一笑相逢。

孩儿塔・革命军・晓珠词

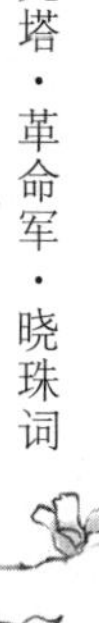

探芳信

湖边绿树葱茜，夏作小黄花。浓馥如桂，予采细枝供之瓶中。为赋此调。

茜云邈，正翠翻平林，金茎初擢。认小山秋早，淮南误幽约。浓熏芳气霏清润，不借风霜烈。锁阴阴、初夏湖堤，嫩晴池阁。

布地珠尘薄。劝风帚钟情，玉阶休掠。香剪柔枝，铜匜荐寒渌。涅槃便作枯禅化，也住旃檀国。浣蜂黄、澹弄仙瀛水色。

高阳台（题人海微澜）

花县霏香，蕙庭消雪，君家特地春多。涨笔狂尘，肯教英气销磨。金沙直泻来千里，比恒河、还似黄河。聚人间、万感悲欢，一派笙歌。

伤春不在银屏里，在浮云幻影，逝水回波。缥简凄痕，几番着意描摹。临水休觅残红语，怕落花、无奈愁何。尽收来、海底繁枝，珊网轻罗。

浣溪沙

不遇天人不目成，藐姑相对便移情。九阊吹下碎琼声。

花号水仙冰作蕊，峰名玉女雪为棱。好凭心迹比双清。

前调

莫向南园忆采芳，残红如雨送斜阳。一般回首小沧桑。

不愿返魂苏倩女，何须驻景检神方。花时人事两相忘。

征召（题周璕画龙）

雩龙飞舞翻沧海。骊光夜穿幽晦，尺幅展鲛绡，涌万重烟水。是伊谁腕底，弄大笔、觥觥如此。战罢玄黄，抉鳞犹可，点睛须忌。

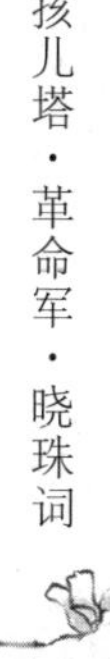

何虑问行藏？瑶函里、香沁碧芸催睡。曼衍遍中原，已倦看游戏。鼎湖波不起，枉凄入、翠蓬云气。又争似、红漾桃漪，认鳜游清泚。

六幺令

碧空凝丽，万象澄秋宇。会心静观天末，远巘笼烟树。松杪细排一线，映白云堪数。翠阴霏雾，吟襟骤湿，沧海斜飞几丝雨。

乘风归向甚处？肯恋仙源住。回首廿载词场，寂寞相如赋。赢得浮名何用？未抵浮生苦。辽鹤振羽，丁宁待我，共掠金飔玉京去。

尾犯

夜悄易惊秋，凉战万松，风籁鸣急。玉甃迎潮，任琤琮争拍。红翳影、孤嶕更瘦，翠回桡、倦波犹弱。旧愁零乱，梦隔藕花偷向鹭鸶说。

采香随步远，但冷艳、沁遍缃褶。瀑韵来回，有垂虹知得。便消领，锦云成幄，奈寂寞、仙源久谪。问天无语，露洗半，蟾妍凄碧。

风入松

箫云飞佩度清虚，重谒广寒姝。相邀散发捞明月，正瑶光、涵澈蓬壶。海飓乍沉鲸浸，夜霞初吐骊珠。

骞槎将见到天衢，探桂近如何？冷香霏露羞红萼，问秋光、争比春殊。更爱乔松拂槛，压枝翠实霜腴。

高阳台

故国诸友来书话旧，各有身世之感，赋词签之。

芳禊修兰，仙班倚玉，前尘回首匆匆。劫换人间，苎萝

吹老秋风。量才欲问昭容尺，可平均、分计枯荣。但凄然，锦羽传笺，各诉愁衷。

心期便比无情水，带落花千点，万里流红。溯水寻花，劳他飞燕西东。分飞到海还相见，岂故人、未必重逢。指天边、清浅蓬瀛，不碍槎通。

水龙吟

岚光时变阴阳，下方黛影涵千顷。雨收南浦，云归北阙，一峰初暝。远映空濛。晃浮金碧，画图难准。似壶公幻就，蓬瀛缥缈，迷蜃市，通仙境。

指点人家山顶，倚高寒、结茅隐栖。层层苍莽，斑斑白垩，小庐盈寸。尽足烟霞，不知冠盖，也无钟鼎。但天风啸晚，万松飞翠，播秋声劲。

莺啼序

铜仙夜啼汉苑，黯秋空断绮。指故垒，说与红襟，呢喃能话兴废。忍重见，檀栾金碧。承平七百年来地。尚参天，松桧凌风，拂动寒翠。

秀挹昆仑，浩揽渤澥。信雄图盖世。更瑶堞，万里回旋，祖龙曾此飞辔。只凭关，英姿一顾，问谁度，阴山胡骑？好风光，不分输他，六朝烟水。

东周移鼎，南宋扬舲，未是偏安计。怅烛转，《玉树》歌罢，萤暗江汕。霸府重开，元戎高会，尘惊骢马，花迎剑佩。宏猷合借湖山胜，况东南，金粉钟佳气。平瞻象纬，九阊翼轸回寅，八荒洛图呈瑞。

沧桑影敛，班宋才销，赋《两都》谁继。况憔悴，兰成天末。漫倚新声，荃艳凋秋，茝怀凝瘐。烟云恨满，吴波愁绝。金源遗响传乐府，莽神州，繁变皆商征。哀弦不度人间，竞醉钧天，舞霓半翳。

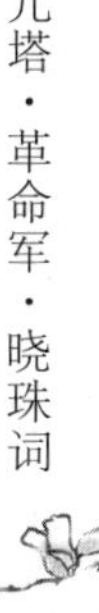

满江红

中秋后残月半规，皎然海上，为赋此阕。

精艳难磨，更何必、时逢三五。认黛影、瀛边澹洗，瘦羞仙妩。半玦能遮星斗灿，残妆犹惹霓云妒。尽下临后土上娲天，将焉驻？

惟宝鉴，无古今。照过客，纷来去。对一杯风滟，休辞起舞。水调徒怜传玉局，花枝能几歌金缕。且梦寻缟夜度缑山，吹笙路。

桂枝香

近人评桂为花中圣贤，盖其树干高直，枝叶整齐，气馥而色不炫，犹莲之为君子也。惜海外无此。曩于纽约藏书楼见某卷称中国特有之花约三千种，不能移植西方云。

檀魂唤起。倩谁赋妙词？黄绢摛绮。破缀珍丛，莺羽峰茸争丽。小山似有人招隐，惓芳馨、未信憔悴。霜繁炼馥，岩深罨秀，翠阴初霁。

珠履春尘漫拟。叹遵海逾淮，未许迁地。阙里秋高，参列三千佳士。金枢傥助西风转，带天香、飞渡清泚。仙云翳晚，沧波摇梦，一枝谁寄？

大酺

茜雨香霏，倚峨翠，小小壶春初拓。闲中消岁月，有升平花鸟，与人同乐。锦羽忘机，琼枝索笑，一律天亲无着。淇矶莎径畔，惯搴芳弄水，旧曾相识。认偷眼穿林，坠红抛豆，肯悭鹦啄？

沧波横故国。黯风絮、历历浑如昨。任往事、尘琐噩梦，锦涣秋纹，心头淨卷残痕幂。怨郢清商，问谁信、行云能遏？且休管、花开落。游仙一枕，世外斜阳西匿，柳边风铃未掣。

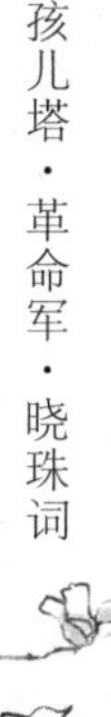

洞仙歌

海堧迁客，忆西风黄叶，不似江南旧村里。看松耆黛古，秋老霜严，终未易、销减万重顽翠。

足音空谷渺，但有饥禽，屡啄山榴隔林坠。峭壁曳寒泉，激石嘶风，似说遍、人间兴废。问谁证，悠悠百年心。黯伫尽斜阳，逝川无际。

寿楼春

盟寒梅冬心。又沧波岁晚，琼瘦霜林。凄断遏云残笛，浣花清吟。兜倦梦，欹重衾。伴暗香、输他幺禽。念病恼维摩，笑悭迦叶，何计证禅襟。

风云气，今销沉。便骊黄万马，劫后都瘖。几辈高歌青眼，共怜焦琴。怀故国，余情深。有夕阳、还愁登临。望天末哀鸿，犹闻隔云凌乱音。

玲珑玉　阿尔伯士雪山游者多乘雪橇

飞越高山，其疾如风，雅戏也。

谁斗寒姿，正青素、乍试轻盈。飞云溜屧，朔风回舞流霙。羞拟临波步弱，任长空奔电，姿汝纵横。峥嵘。诧遥峰、时自送迎。

望极山河幂缟，警梅魂初返，鹤梦频惊。悄碾银沙，只飞琼惯履坚冰。休愁人间途险，有仙掌、为调玉髓，迤逦填平。怅归晚，又谯楼、红灿冻檠。

霜叶飞

十年迁客沧波外，孤云心事谁省？兰成词赋已无多，觉首丘期近。望故国、兵尘正警。幽栖忍说山林稳。听夜语胡沙，似暗和、长安乱叶，远递霜讯。

不分红海归来，朱颜转逝，驻景孤负明镜。但羸岩雪溅秋寒，上茂陵丝鬓。算一样、邯郸梦醒。生憎多事游仙枕。指驿亭，无归路。马首云横，锁蓝关暝。

千秋岁

坠粉欺潮，飘灯妒月。不信欢场有时歇。霓裳舞纔一二转，金瓯地已三千缺。且勾留，莫回顾，晋阳猎。

昨夜尚怜钗钿约，今日怕闻蘼芜诀。咫尺侯门玉容别，东邻艳传窥宋赋，南华巧褪迷庄蝶。断肠时，赏心事，连环结。

应天长

瑰峰瞰水，珍树幂楼，仙居占断湖角。未信俊游堪恋，风怀倦羁客。沧桑梦，慵更说。费万感、片时哀乐。渺天末、别有心期，终古能托。

依约见湘灵，十丈绡衣，飘曳海云白。忍自步虚来往，神州黯秋色。招魂句，歌楚些，采桂叶、露香盈握。夕阳外、断甃颓垣，愁损归鹤。

浪淘沙慢　用清真韵

远游处，人羁瘴岛，雁绕霜堞。羌笛商音竞发，钧天梦冷旧阕。正极望、乡心舒更结。柳憔悴、不忍重折。任置损泥金舞衣风，余欢自长绝。

愁切。涉江素水遥阔。枉自采芙蓉盈襟抱，古调增哽咽。嗟老去文通，慵赋伤别。倦吟易竭，知甚时、归弄关山明月。

来去浮云罗重叠，凉飔起、众芳暗歇。桂轮满、天边圆又缺。更休问、客鬓惊秋，似翠嶂、秦鬟待变须弥雪。

天香（白莲）

玉井漂铅，铜盘泻汐，年时梦影曾写。佛彩敷华，帝青涂叶，七宝修成无价。素标难亵，漫拟作、凡葩姚冶。三十六天如水，瑶笙夜凉吹罢。

亭亭法身惯化。纳须弥、藕心纤罅。揽取茜云同幂，粉绡封麝。谁证无生慧业，待隔浦相逢公共清话。顶礼空王，瓣香容借。

多丽（大风雪中渡英海峡）

海潮多，彤云乱拥逶迤。打孤舷、雪花如掌，漫空飞卷婆娑。落瑶簪、妆残龙女。挥银剑、舞困天魔。怒飓鸣骹，急帆驰箭，骞槎无恙渡星河。叹些许、峡腰瀛尾，咫翠有惊波。更休问，稽天大浸，夷险何如?

念伊谁、探梅故岭，灞桥驴背清哦。越溪游、琼枝俊倚，谢庭咏、粉絮轻罗。迢递三山，间关万里，浪游归计苦蹉跎。待看取、晦霾消尽。晞髪向阳阿。将舣岸，蜃楼灯火，射缬穿梭。

风入松（题式园书画集）

米船一棹泛沧溟，北苑尽知名。骚坛异代搜新谱，然犀照、珊网初盈。孔翠千翎齐炳，骊珠百琲争莹。

劫灰吹冷旧昆明，桑影绿东瀛。海源皕宋飘零后，风嘶楮、并作秋声。输与君家墨妙，锦函常贮双清。

鹧鸪天

沉醉钧天吁不闻，高丘寂寞易黄昏。鲛人泣月常回汐，凤女凌霄只化云。

歌玉树，滟金尊，渔鼙惊破梦中春。可怜沧海成尘后，十万珠光是鬼磷。

菩萨蛮

瀛洲何必生芳草，当时误盼东风早。花信几番催，泪和红雨霏。

兰因兼絮果，谁结连环琐？鹃血未曾销，东风犹自骄。

前调

婵娟万里西洲梦，五铢犹恨云衣重。眉样本难同，秋蛾

画不浓。

龙檠欣裂帛。那惜千家织。抛尽锦云裳，红蚕满箔僵。

前调

碧桃天上吹如雨，春风零乱花无主。迷路不堪寻，落红深更深。

睽睽当万睐。堕地明珰碎。回忆始关情，年时意未平。

定风波

梦笔生花总是魔，昙红吹影乱如梭。浪说鬘天春色靓，重省，十年心事定风波。

但有金支能照海，更无珊网可张罗。西北高楼休着眼，帘卷，断肠人远彩云多。

临江仙

沧海成尘浑见惯，人天哀怨休论。韶华回首了无痕，行云空吊梦。残梦又如云。

花外夕阳波外月，凭谁说与寒温？凄迷同度可怜春，流莺犹自啭，不信有黄昏。

前调

转尽飚轮千万劫，浮生苦讬微尘。鹦笼无地可埋春，雪衣哀久贮，金缕怨同纫。

自写苍烟传旧梦，澹波依约心纹。缃桃漂处是迷津，朱颜先自误，休更误秦人。

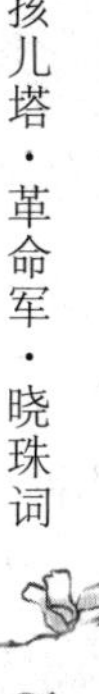

前调

才有梅痕描雪影，湖山特地凄馨。玉冠诸娣倚青旻，高寒空自警，晼晚定谁寻。

见说阆风曾绁马，只今一例荒榛。漫凭残霸问胡僧，冰峦犹不圮，金籀已凋零。

河传

乡思，迢递，路漫漫。乌鹊飞难黯然。湖楼梦回香烬残。宵寒，冻澌冰不喧。

客枕无眠山月落，窗尚黑，寂巷车声作。知夜阑，霜正繁。先闻，马蹄清响圆。

念奴娇（题秋心楼印谱）

瘦金零落，问雪渔而后，风标谁绝？分付名山藏姓氏，玉楮幽翻千叶。颖透冰坚，锋回霜劲，冷割秋云碧。碑寻薛篆，翠微曾惯飞鸟。

堪叹艺贱雕龙，沧波岁晚。蟹迹横京邑。漫忆承平追胜赏，奇字时人难识。鼎籀宗周，轮扶大雅，要借君侯笔。芸魂先返，百灵呵护珍笈。

玉京谣（红树室时贤画集为陆丹林题）

断绮凄红树，瘦入霜晴，世外斜阳换。倦羽传笺，题襟催写依黯。渺故国、无恙谿山，恨不与、仙云分占。低回遍，荆关画笔，邹枚词翰。

年时肯负名场，旧擅琱虫，记早驰茂苑。粉缟离箱，蟫尘笺恨应满。眄翠瀛、都是东流，尽蘸影、十洲秋澹。闲展卷，光惹睡骊争瞰。

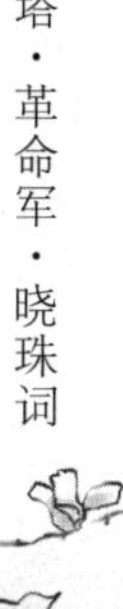

长亭怨慢

又恨铁、九州轻铸。路指东华，系骢无地。貂锦愁胡，残红腥溅落花泪。绮窗闲对，算一局、全输矣。谁搅剩棋翻？是裙底、雪狸欢昵。

凝睇。送新欢往处，歌人莫愁烟水。蘼芜山下，痛半幅鸾绡轻弃。遍潭水、浸湿桃花，似娇面、赧羞难洗。梁燕乐偏安，慵顾斜阳荒垒。

念奴娇

及门潘连璧女士秀外慧中，为数百同学之冠，于归南洋庐氏，甫数载，夫妇相继殁，遗雏犹在襁褓也。

昭容玉尺，忆清才、量遍都无余子。几日东风吹絮影，催赋秾华桃李。雹妒红情，霜欺绿意，并作春痕碎。郁金香冷，玳梁谁护雏垒？

犹记去伴鸥夷，南溟一舸，老烟波身世。拌向蛮荒销艳景，旧是唐昌琼蕊。沽舍研朱，淞楼剪翠，短梦难重理。秋云休问，断歌凄入潮尾。

无闷

前阕既成，意犹未尽。女士本吴氏，珠江巨族，幼遭家难，螟寄于潘姓。及长，虽微知其事，而莫详身世。予偶于某粤人处得闻概略，即往告之，女士大恸。时同客燕京也。

幽怨重重，虽认梦痕，一霎悲欢逝矣。甚剑返延陵。泪零珠汜。道是换巢鸾凤，正阿母年时花铭瘗。便巫阳能下，伤心何必，倩魂呼起。

旧事忍重记。记密语罗窗，乍传哀史，惹梨雨千丝，玉痕凄泚。应忆宣南梦影，可月夜关山飞瑶佩？知甚处、青冢秋阴，烟锁万椰凄翠。

丹凤吟

巴黎佛化美术家Louise Janin女士以所绘慧剑斩情魔图见赠，据云：斩魔之神，于梵文中名为Achala。询于华文为何名，予愧无所知，爰赋此词为谢。

依约鬘天何许？弹指无端，幻空成色。煎兰缫茧。谁解众蚕春缚？西来义谛，会心微笑，一剑飞霜，万红凋萼。莫问多生旧梦，丈室天花，空艳抛散无着。

别浦新传彩笔。绀莲又见生慧钵。甚玉珰缄秘。认苔笺点染，荑手涂抹。法身无碍，不是等闲标格。何必殊名翻异籍，早荃言忘得。尺波泻影，瀛翠渲妙墨。

夜飞鹊

英国诗圣雪蕾（Percy Bysshe Shelley，1792—1822）思想繁化，出入人天，多遗世之作。女诗人儒斯谛（Christina Rossetti，1830—1894）惯以宗教之语入诗，奇情状采，涵被万有，皆于骚坛别辟胜境。兹仿其例，阐扬佛法，勉成数阕，未能畅微旨也。

春魂殢尘网，谁解连环？参彻十二因缘。还凭四谛说微旨，拈花初试心传。迦陵妙音哢。警雕梁栖燕，火宅难安。何堪黑海，任罡风、罗刹吹船。

观遍色空昙艳，幻影更何心，往返人天。回首飙轮万劫，红酣翠膴，销与云烟。阿罗汉果，证无生、只有忘筌。似蝶衣轻褪，金针自度，小试初禅。

波罗门引

波罗六度，戒持檀羼自惺惺。慈云普护苍生，道是羽鳞毛介，一例感飘零。舣兰桡待渡，彼岸同登。

鬘云几层，未忍向梵天行。比似精禽填海，夙愿思赢，神山引风，不空尽、泥犁功不成。申旧誓、水渺沙平。

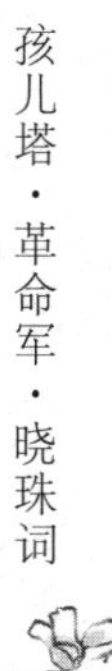

绕佛阁

十玄邃阐，重叠帝纲，珠影交绚。深意无限，似他片月，圆规万波现。悄回慧眄，尘障尽泯，同破幽闇。大千衡遍，古今密钥谁开此关键?

第一法轮转，记取金身雪巘。刹海涌莲，当筵难共见。算首出群经，北拱星灿，梵音沉远。问上剩摩诃，谁定膺选?渺鬟天、只赢凄恋。

隔浦莲近

心香一瓣结念。通过灵台电。骨借金蕖铸，云衣换，尘装浣。鵁鹭知惓恋。沧波外，隔浦终相见。片蒲展。

跏趺渐定，禅观十六参遍。素襟如水，冷入连寰秋滟。华藏庄严是信愿。非幻。绿房珠证圆满。

法驾引

素华谁探？绀绡暗解莲房绽。耿吟眸，望来去金身，共腾肩焰。撩乱，更曼蕊陀罗，斜吹茜雨法筵满。试回首。微茫下界。笑槐安，蚁游倦。

畹晚。山邱一例，莫论人间恩怨。计桂魄终销，橙晖永逝，万般皆变，凝眄。卷螺云无尽长空。惟有佛光绚。到此际、烦忧齐解、旧情休恋。

喜迁莺

绀云西迈，乍翳入村犀，灵源通海。硕朵扶轮，重台涌刹，依约万莲倾盖。暗惊绛都花发，休忆玄都花再。绿章奏，谢空王传语，纶音先贷。

凝睐。凭认取、新痕旧愁，慧剑都为君解。越网拗丝，吴蚕穿茧。小试法身无碍。已闻宙光飞练，还眩神光飞彩。指归路，在通明一色，庄严金界。

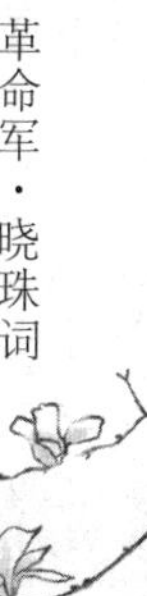

扫花游

梵天望极，遍宝网花幢，幕空摇雾。暂留虚步。道泥犁未尽，涅槃不住。劫海风波，惯窣莲裳来去。愿皆度。便十二万年，拼与延伫。

终见花自吐。认粉蜕抛时，绮囚离处，法身换汝。喜金姿微妙，化俱胝数。旧日蠑娥，比似嫫盐愧沮。为谁赋，奈冬冰夏虫难语。

鹊踏枝

腥海横流犴狴锁。为护群伦，欲作慈云軃。但愿哀鸿栖尽妥，不辞玉损昆冈火。

历劫谁修罗汉果？佛顶香光，直照幽霾破。信誓他年傥证我，九渊应现青莲朵。

前调

自在天衣舒更卷。粉艳金顽，来去何曾染。岂畏泥犁幽与暗，胸头自有光千万。

路到临歧终不返。溯海探源，直欲穷星汉。渺渺予怀期彼岸。从教眼底风帆乱。

前调

影事花城闻冕卸。海水生寒，一夕霓裳罢。罗袜临波归去也，遗钿坠珥皆无价。

浥透鲛绡谁与话？泪铸黄金，不为闲情洒。奏彻神弦啼玉妃，四天雷雨冥冥下。

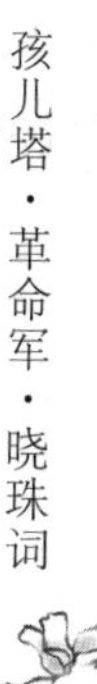

八犯玉交枝

佛说心生则种种法生，心灭则种种法灭，感而赋此。

光动圆菱，绪牵重茧，暗促镜澜微起。一寸灵犀嘘蜃市，万变氤氲红紫。花开花落，送尽辛苦东风，幽兰甘抱香心死。愁对乱云残照，人间何世？

须信色界都空，禅天不滓。无生谁证微旨？占韶景、春驹才化，泫凉露、秋蝉先蜕，把金粉，从头淨洗。此身将驻琉璃地。待手爇旃檀，闲翻贝叶参新契。

贺新凉

佳气西来丽。忆年年斜阳伫尽，小楼常倚。一发瑶京横天末，惯费妍波流睇。待长跪、妙莲深际。众圣诸天齐翘首，看如来授我菩提记。平昔愿、不虚矣。

飞行万刹惟弹指。绕华幢、天葩遍献，祥云迤逦。回首阎浮哀无尽，暂祓人间疵疠。漫翠墨红牙俊倚。见说延陵乘风去，喜词坛吾道存先例。春枕梦，试呼起。

惜秋华（瑞士雪后）

雪绘晴岚，矗苍松万影，图开皴墨。幽贮小窗，依依岁阑寒色。皑凝缟地无垠，失前度、寻芳紫陌。但髡林集霰，锵冰流壑。

归梦故乡隔，任胡笳送老，东华词客。鸦背外，残照远，冻云微抹。还思晓霁瑶京，枕蝀鳌、万重珠阙。深幂，动寒光、玉枝交络。

卷三

洞仙歌

飞泉天外，抛素缣迤逦，急下千寻破苍翠。映松篁深茂，岩石清奇。冲涧底、滚滚雪泷翻起。

炎威尘世远，风籁生寒，并作秋声满天地。曳杖惯寻幽，路转峰高，贮吟袖、上方云气。蓦暗发酽香引游踪，秀榛莽丛头，一枝山桂。

前调

雪山长往，看瑶光多霁，此是仙源避秦地。有松脂然爝，钟乳疗饥，赋招隐、辟谷采薇堪继。

振衣犨玉顶，渺渺灵修，隔浦无言素心会。秋霭丽遥天，极目残阳，散余绮、晃穿云背。又霜叶西风忆长安，问绕树哀鸿，冷枝栖未？

前调

奇峰穷处，蓦平畴青衮，画罨湖堤换新稿。有垂杨细细，流水湾湾，更着个、一曲红桥小小。

北邙闲地方在，芳草无愁，此意悠悠定谁晓。不暇感华年，花落花开，问何事、锦屏人恼？早打迭芒鞋远寻春，喜桃灿仙霞，饭香丹灶。

浣溪沙

一捻凉蟾人杏林，闹红深处见秋心。彩毫凄断未成吟。

香炉灰冷成郁烈，琴回绝轸变繁音。小楼人影夜沉沉。

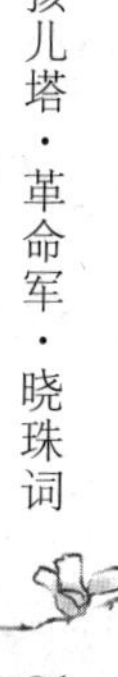

前调

手把芙蓉诵《楚辞》，骞芳凝睇黯遐思。夕阳红恋蒨云迟。
珍鸟多翔人尽处，残山青到路穷时。野村幽步最清宜。

前调

已信潮音是梵音，沧浪淘洗去来今。百年身世此沉吟。
揭地蛮烟谁叩马？稽天狂海待填禽。楼船高处怕登临。

前调

髻挽抛家泣路歧，阴霾愁琐海东西。澄清天地几时期。
但有秋心悲万象，了无闲恨到灵犀。美人香草漫猜疑。

前调

我蓼终天痛不胜，秋风萁豆死荒塍。孤零身世净于僧。
老去兰成非落寞，重来苏季被趋承。不闻罂詈更相凌。

前调

仙舞新传罢羽衣，南华齐物到西夷。更无鹃血浣花枝。
对酒常吟倾鲙句，思乡宜诵放鹇诗。誓迟终古证心期。

前调

珍侣嘤鸣不避人，三年山馆伴芳邻。丽湖残梦付行云。
信手花间招翠羽，微吟波面引文鳞。机心销处尽天亲。

前调

天马行空踏落霞，梦游西极看琼花。梦回依旧滞年华。
入世早知身是患，长生多事饵丹砂。五千言外意无涯。

前调

水殿花时见宝王，常储一瓣爇心香。罗胸哗哗起星光。
红雨湔愁辞茂苑，绿云邀梦入莲房。人天来去有津梁。

前调

斯道尊如最上峰，楼台七宝未完工。故疆休被宋贤封。
音洗筝琶存正始，律调宫羽边穷通。万流甄采汇词宗。

减字木兰花

沧波万里，管鲍分金曾窃比。鸿宝能传，恰在寒灯易箦前。

题笺心苦，四海黄垆多旧雨。义薄云天，低首长杨谏猎篇。

汨罗怨（过旧都作）

翠拱屏嶂，红遁宫墙，犹见旧时天府。伤心《麦秀》，过眼沧桑，消得客车延住。认斜阳，门巷乌衣，匆匆几番来去。输与寒鸦，占取垂杨终古。

闲话六朝往事，谁踵清游，采香残步。汉宫传蜡，秦镜荧星，一例秾华无据。但江城，零乱歌弦，哀入黄陵风雨。还怕说，花落新亭，鹧鸪啼苦。

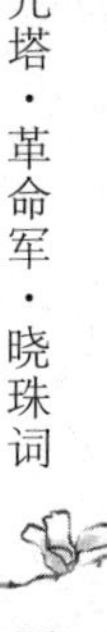

望湘人

娄卢云青女士为予相识最早之友，去国后遂睽音讯。丙子岁暮重游故都，适闻其殡、由都移柩津门，乃驰往车站送之。顷娄鲁青君寓书乞诔，为赋此词，盖纪事之作也。女士著有游记数万言，现方付梓，供艺林珍赏，殆闺襜中之徐霞客欤。

记荀香谢絮，流韵溯芬，旧家梁孟堪拟。琬琰镌华，钗钿横海，曾见步虚高致。艺菊霜清，纫兰秋瘦，伊人憔悴。最无端、一霎回风，缥缈仙云吹坠。

零乱蟫尘凤纸，殢银钩写遍，十洲烟水。计久别重逢，待话离悰相慰。断肠惟见，素馨斜路，如雪寒花传檟。赋楚些，谱入哀弦，问有湘灵归未？

齐天乐

予与美国《蔬食月刊》主笔奥尔伯特夫人（Jean Albert）共以文字宣阐主义（排斥杀生食肉者），神交数载。客夏，君病中无聊，每长函覼缕倾其襟抱，予适忙于译经，多搁置不阅，君知之而不怨。予方感知己能恕之雅量，亦以来日方长，可缓答也。讵译书高竣，君已逝世，挽赋此词，不尽苍茫之感。其所用笺封，皆绿表菜色也。

绿笺长断西洲讯，空余旧情重数。翠竞隃芬，珠联箵影，先溘珍丛朝露。游丝去住。怕万劫飘零，再逢无据。几日蹉跎，一番人事竟终古。

瑶台素云拂动，翥群仙彩羽，齐迓娀女。苔绣思裙，菜香疑麝，想象芳尘何处。天风珊步，蜕锁骨连环，荐馨坏土。待式贞徽，剩冰弦自谱。

临江仙

莫问金张全盛际，可怜愁里年华。谢堂飞燕已天涯。前尘原噩梦，身世比抟沙。

回首乡园歌哭地，颓垣断井横斜。素云连苑锁梨花。当时明月在，曾照故侯家。

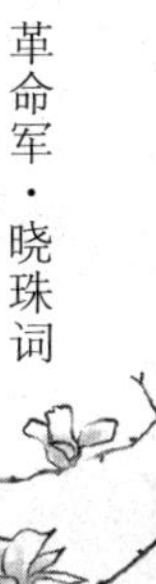

前调

空记藐孤家难日，伊谁祸水翻澜？长余风木感辛酸，囊萤书惯读。手线泪常弹。

东望松楸拚一恸，无由说与慈颜。虚声今日满江关。重泉呼不应，多事锦衣还。

传言玉女

蜀中女才子黄稗筌来书千言斐台，今之李青莲也，嘱题诗集，赋此为酬。

三峡瞿塘，生就才人秀嶷。飞湍漱石，比词源清激。青莲再世，别是蛾眉娟婳。千言倚马，风流犹昔。

濯锦江边，料骞芳、常浣笔。吹花嚼蕊，扫金闺陈迹。何时夜雨，剪烛欢联吟席。停雪望遍，剑门秋碧。

惜秋华

词友韦齐别十年矣，归国后便道访之，途人以讣告，遂怆然回车，为赋此阕。

十载重来，黯前游如梦，恍然辽鹤。凄入夕阳，依稀那时池阁。人间换劫秋风，催苹谱金荃零落。忆分题步韵，惊才犹昨。

横海锦书绝，臬山阳怨笛，旧情能说。甚驿使，传雁讯，蓦逢南陌。长思挂剑延陵，倘素心、逝川容托。凝默。啸寒岩、万楸苍飒。

侧犯（为龙榆生君题《彊村授砚图》）

《广陵散》绝，雅音坠绪凭谁撷？依约，赠一角琳腴写《蕡箋》。磷淄石不转，峭剪端溪碧。追忆，似梦雨飘来伴吟席。

筝琶耳洗，金粉都无迹。早料理，揽仙潢，珍重浣词笔。秀发樵歌，韵酬蓑笠。十斛，隃麋翠翻潮汐。

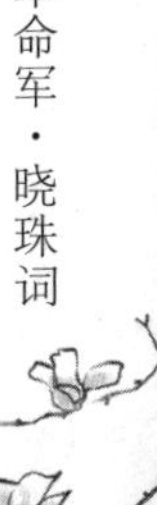

望江南

归去也，色界众生悲。白奈遍幢殡帝女，紫云飞盖挽神妃，吹泪入瑶徽。

前调

风露紧，骖鹤夜朝真。千对珠冠寒照水，人间适指是星云，法会渺音闻。

前调

常面壁，历劫总修持。六转风雷鸣地轴，十方花雨下须弥，道果乍成时。

惜黄花慢　蜡梅

额点宫黄，记寿阳镜启，新换妍妆。麝苞微绽，浓熏绣幌，密英斜弹。茜引瑶觞。萼华重照惊鸿影，展词绢、绝妙仙裳。漾晚风、水痕渲艳，蟾晕笼香。

岁寒且斗芬芳。有孤山瘦雪，老圃霜腴，江楼吹笛，鹤翎共落，花丛殢梦，嚼味同尝。贞姿合借精金铸，广平赋、谁见回肠？忆圮墙，旧题邓尉云荒。

陌上花

木棉花作猩红色，别名烽火树，和榆生教授之作。

丹砂抛处，峰回粤秀，茜云催暝。绚入遥空，漫认霜天枫冷。长堤何限红心草，犹带烽烟余恨。又花凄蜀道，鹃魂惊化，泪绡痕凝。

料吴蚕应妒，三军挟纩，不待娇丝缫损。脸晕浓酲，艳锁猩屏人影。鄂君绣被春眠暖，谁念苍生无分。待温回黍谷消寒，同赋绛梅芳讯。

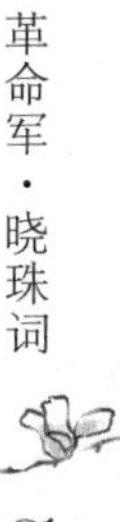

波罗门引（泰山古松）

根蟠泰岱，二千年后尚凌云。沧桑阅尽闲身。天外孤擎寒翠，清籁动城闉。莫乘涛龙化，夜雨愁人。

荒厓古春，倚瘦石、傲嶙峋。惟许苍筠比节，丹薜攀邻。文移山北，问贞木、何曾甘帝秦。题隽墨，待勒珉青。

玉京谣

荷兰国保护动物社寄赠《芳草娇骢图》，盖以予为护生同志也。

幸不孤吾德，世外邻存，驿讯胡天远。锦轴初开，骊黄惊炫心眼。黯壮彩、销到吟边，占一片、平芜春怨。应嘶遍，凄凄十里，芳郊风软。

何时八骏追随翠，涉仙瀛、采异香穆苑。冷眼人间，风尘驰骋都倦。坠玉鞭、羞踏残红，早觑破、五陵春贱。披旧卷、珍重此情犹见。

水龙吟

千寰卷入秋毫，一花一叶华严界。影联珠纲，香飘金粟，宝王朝罢。曼蕊吹潮，绀云邀梦，法身将化。认长庚明处，径登初地，亲证领，无生话。

怅望沧波遥也，问风帆、几时容卸？浮生草草，殢人无尽，雨晨灯夜。守定心期，总持尘劫，万缘抛下。待回头记取，夕阳伫尽，小栏低亚。

虞美人（白莲）

仙云翠窣琉璃面，银浦流香远，一枝清越见丰神，卅六湖中红粉不成春。

瑶峰太华擎残雪，十丈花重迭。颀颀宜向月中看，绝净天身莹作水精寒。

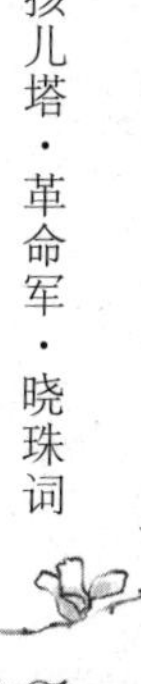

卷四

月下笛

镜揽湖云，裙湔海翠，坠芳难撷。归艎促上，倦游人悔轻别。寒惊辽鹤东飞梦，忆前度、仙岩卧雪。况茂陵病损，灰残心篆，赋情都歇。

缃稿，堆重迭。费万感哀吟，不关花月。飙轮暗转，断肠无限尘劫。西风如检沧桑谱、更翻遍、秋云叶叶。悄凝望、黯碧天垂处，不见珠阙。

鹊踏枝

铁笛吹潮龙梦醒。海白云黟，时见游仙影。风撼迷津帆不定，骞槎枉说三山近。

未信神方能驻景。花萎天冠，天禄行将尽。惟证无生观自性，惊尘不着连寰凈。

前调

梦里寻秋秋不住。碧海青天，尽是徘徊处。莫问前身吟旧句，冰轮常转无今古。

漭漭寒潮随玉步。行雨行云，羞避行星路。但有青光临后土，桂旗长作阎浮主。

前调

凤德何曾衰末世。半壁丹山，十树红桐死。《哀郢》孤累空引睇，微波未许微辞递。

夜有珠光能继晷。见说仙都，不作晨昏计。石破天惊知底事，闲供玉女投壶戏。

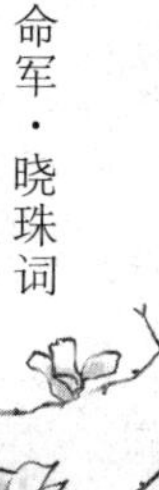

前调

梦想诸天联席会。为问烦冤，飞下黄华使。冰雪谁瞻姑射子，阎浮一见消疵疠。

石烂南山心不死。世变无穷，终待蛮腥洗。否则圆舆成粉碎，予将与汝甘偕逝。

波罗门引

骤车碾处，半林秋枣坠霜红。土窑遍户村农。说与人间何世，瞠目意难通。愿尔曹安乐，稼穑常丰。

关山万重，辟崭壁、郁茏葱。怕说二陵风雨，今古愁踪。云迷大荒，问何处、仙缘寻赤松。空谷里、自响孤筇。

菩萨蛮

蛮妆曾映樱云绚，雪山一卧朱颜变。红海十年归，相看身世非。

归来临旧圃，荆棘仍如故。垂老复西征，沧波逝此生。

前调

仙心已倦沧溟梦，愁山怨水瓢灵凤。何处是檀乐，琼楼玉宇寒。

劫灰金塔下，白首胡僧话。一样感沧桑，还乡更断肠。

前调

陆沉将见崩天柱，素娥青女离筵聚。清泪满金尊，非关

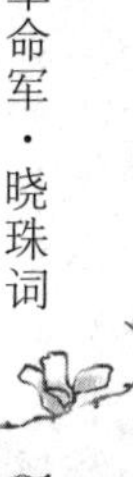

饯水云。

七襄云锦织，珍护支机石。莫待曙光熹，枝空乌鹊飞。

前调

春云将展蔷薇战，红溜白花如霰。人事苦烽霾，郁厨翠釜哀。

鸾刀掺万户，猩浪能飘杵。此恨几时平？千年暂此生。

前调

片帆愁唱公无渡，夜长黑海飞黟雾。破晓一珠寒，骊光满翠澜。

微尘三界远，历劫金轮转。不味寸犀灵，灵飞写契经。

前调

照空花网如星月，楼台五亿生光缬。仙乐响琤琮。随风说苦空。

莹冰清澈底，地是琉璃水。此想若成时，檀邦得概窥。

前调

毗楞宝树千寻起，行行叶叶皆相对。世界等微尘，隔花见写真。

十方诸佛事，了了窥无翳。列子漫乘风，神游一霎中。

菩萨蛮

金支十四交流注，八池翠绕莲华溆。珠水泛摩尼，波柔

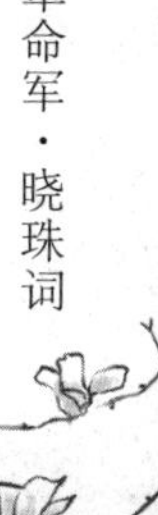

意自怡。

妙音宣苦寂，赞叹波罗密。此想若粗成，花房待化生。

前调

明明如月寒光起，伊人宛在中央水。身相大无边，晶棱射万千。

凡夫心力弱，照眼疑将矐。小小贮心房，金身丈六长。

前调

万金莫抵纶音诺，肯教自误西归约。零涕报空王，山高复水长。

花间当受箓，繁祉群伦祝。身化百俱胝，阎浮再到时。

宴清都

偶检旧箧，得徐君芷生游柳絮泉访易安遗址见赠之作，赋此追和，相隔已廿余年矣。

絮影微波寄。荒祠外、胜游曾访遗址。寒泉浥黛，清词漱玉，峨眉名世。砚池艳点飞花，认丽句、徐陵惯拟。似谢娘、残咏回春。朦胧更因风起。

隋堤渐少吹绵，从残未理，谁续芳史？尘笺再展，数行犹见，故人深意。新华暗凋宫柳，早寥落贞元朝士。剩旧时洹水东流，萍踪迤逦。

绿意（题《潇湘清籁图》）

尘襟待浣，喜图开十里，翠阴飞满。叶战篔筜，韵戛琅玕，松风尚逊幽倩。疑闻暮雨潇潇曲，漫撩起、吴娘秋怨。任斑枝，吟彻清商，梦里繁弦低颤。

炎峤星分鹑火，弄残暑、天际赭云犹绚。尺幅苍茫，未溯湘流，已觉凉风吹卷。六根齐浄初禅地，便一萼、嫣红都贬。暗镕成、万绿愔愔，归路征鸿迷遍。

百字令

瑶台临水，记仙都缟夜，清辉新沐。一月镕成银世界，来去人皆如玉。市响都沉，缑笙暂歇，但有松涛谡。软红慵梦，那曾沉醉金谷。

无端催上吴舲，蓬山天远，回首苍烟没。重见惊尘三径晚，恨满猗兰丛菊。镜逝颜丹，梳零鬓翠，暗转年华烛。旧蟾无恙，隔林犹媚秋绿。

瑞云浓

买莲供佛，得手形花瓣一双。考之释典，果有“莲华手”名辞。敬赋此阕志瑞。

金仙露掌，瑶池飞下双瓣。玉井峰头雪初绽。螺纹晕碧，通帝网、丝丝灵绾。妙谛试拈花，称兜罗腻软。

云袂分携，忆旧侣、莲乡采伴。历劫人间再相见。绿房珠溜，拭不尽、方诸清泫。苦海垂援，万红飘转。

祝英台近

驻宸京，留翰苑，椿荫溯先世。玉蝀桥边，久寓鸣珂里。斜街灯火离离，秋香炒栗，空记取儿时风味。

殢罗绮，五侯家散宫烟，珍闻数珠琲。白发高堂，剪烛话稗史。重来潘鬓潇疏，芜城孤踽，更不见、花钿遗翠。

前调

澹梨云，霏杏雨，花信风城早。十里宫墙，依旧翠阴绕。甚时玉步归来，无情驼陌，又绿遍前番芳草。

黯怀抱，几度倦旅招提，笼纱认残稿。不分春波，南渡送春老。无端比素量缣，故人轻弃，枉伫尽、蘼芜斜照。

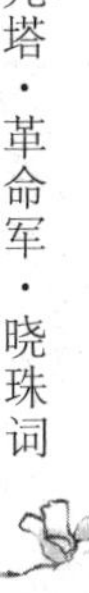

玉梅令

苍云换世，去国疑非计。残香坠、采空兰芷。遡沧波迤逦，十载卸归帆，真卢再见，惊尘揭地。

楚垒吟篋，龙烟蝀水。忍重写、弃都余丽。惯愁风愁雨，心事比层焦，怎禁得、茂陵憔悴。

西溪子

岳翠攀辕留客，似说重来何日。转飚轮，青朵朵，车窗过。为爱看山倒坐，渐远渐阑珊，出长安。

西溪子

花外银屏闲倚，屏外银河千里。话清愁，伤往事，同憔悴。蓦地骊歌催起，人面渺关河。绿杨多。

点绛唇

暮色空蒙，一灯昏入菰蒲雨。扁舟何许，画罨鲭鱼浦。

华盖遥张，岚影微茫处。频回顾，天边孤伫，苍秀高原树。

莺啼序

海上法宝图书馆落成，赋此为颂，柬遐庵馆长。

祯光也夜腾蜃市，敞骊宫近水。蔚锦轴，密籀嫏嬛，字痕齐炳金燧。似偈录，《华严》十万，携来犹带龙波翠。漫衡量，邺架书城，莫比瓌异。

像刻旃檀，蜕护锁骨，话优填盛事。辟震旦，竹舍祇园，溯芳千古能继。照鬘天，莲华贝叶，采三界，众香繁汇。算

维摩，费尽禅心，不辞憔悴。

海源长住，皕宋飘零，尚劫灰余几。怅四库，丛残渐少，铅椠谁理。日薄虞渊，夕阳未坠。伤心秦火，斯文先毁。云冈不返招魂赋，载胡艭，石铲花纲碎。觚棱独秀，从今法宝琳琅，幸存鲁灵光里。

金仙东渐，玉马西来，早风云换世。记景运，圆舆肇启。丽日中天，转碧回黄，万流都靡。龙蛇起陆，烽烟揭地。销残苌血穷则变，挽银河，终见兵尘洗。梵音说与群伦，象教宏传，大悲妙谛。

八声甘州

丁丑阳历六月四日为予十年前卜居瑞士雪山之始，感事伤时，漫成此解。

讶年华脱手箭离弦，仙游梦初蘧。忆严栖乍稳，牵罗剪渌，小贮琴书。帘卷寒光积雪，皴玉照晴虚。映郦潭倒影，琪树扶疏。

归棹无端东泛，又青山羁越，芳草愁吴。问玄都花事，劫后近如何？恨浮生，万缘波逝，更无一事可还珠。凭谁省、旧哀新感，证与冰蜍。

瑞鹤仙

予昔有齐天乐雪山观日出之词，今游炎峤，观海日将沉，奇彩愈烈，更赋此词，而感慨深矣。

瘴风宽蕙带。又瘦影扶筇，楚香闲采。登临感清快，对层云曳缟，乱封横黛。搴裳步隘。正雨过、湍奔石濑。战松林、万翠鸣秋，并作怒涛澎湃。

凝睐。阴晴弄暝，愁近黄昏，蜃华催改。明霞照海，渲异艳，远天外。竚丹轮半弹，迅颓羲驭，哀入骠姚壮彩。渺予怀、此意苍凉，更谁暗解。

国香慢（素兰和樊榭山房之作）

九畹春荒。又雪飞香海，催渡仙幢。天门夜凉初闻，笙鹤齐锵。瞥眼玉冠诸娣，翩然下、襜翠成行。临波试罗袜，万里清流，犹似沅湘。

孤芳逢叔世，但铢衣尚絅，秘掩红妆。馨斯后土，邹鲁惟素称王。未许灵均纫佩，空孤负、楚梦秋纕。幽忧换上鬓，

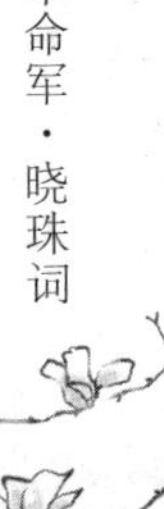

谁赋风诗，小雅繁霜？

摸鱼儿

元遗山乐府有摸鱼儿词，序云：“乙丑岁赴试并州，道逢捕雁者云：‘获一雁，杀之矣。其脱网者悲鸣不去，竟自投地而死。’予因买得之，葬之汾水之上，号曰雁丘。时同行者多为赋诗，予亦有雁丘词。旧作无宫商，今改定之。”按，遗山此作开词人戒杀之先例，谨按原调和之。人类以强凌弱，而弱者复凌异类，予深耻之。安得普世废屠，以湔此大耻耶。

绕孤丘、苦芦寒濑，土花凄护贞蜕。义声不让田横岛，此豸千秋能继。词苑事，有翠墨，甄奇宫羽流哀丽。陇书休寄。早唳断银云，影沉沙屿，霜月吊汾水。

凭谁解、依样雀螳相伺。强秦盲视公理。我悲貂锦胡尘丧，歼弱亦吾长技。穹宙里，问齐物、同仁宁有偏畸意？尘矰应弃。愿手挽天河，圆舆净涤，终古雪斯耻。